Chère chair

DU MÊME AUTEUR

JE VOULAIS TE PARLER DE JEREMIAH, D'OZÉLINA ET DE TOUS LES AUTRES..., HMH, 1967; Libre Expression, 1994.

LES HIRONDELLES, HMH, 1973; Libre Expression, 1995.

CAP-AUX-OIES, Libre Expression, 1980, et 1991 en édition illustrée.

GIRIKI ET LE PRINCE DE QUÉCAN, Libre Expression, 1982.

MONTRÉAL BY FOOT, Les Éditions du Ginkgo, 1983.

OKA, Les Éditions du Ginkgo, 1987.

PROMENADES ET TOMBEAUX, Libre Expression, 1989, et 1996 en édition illustrée.

GABZOU, Libre Expression, 1990.

L'ÎLE AUX GRUES, Libre Expression, 1991.

LISE ET LES TROIS JACQUES, Libre Expression, 1992.

GÉOGRAPHIE D'AMOURS, Libre Expression, 1993.

BONJOUR, CHARLES!, Libre Expression, 1994.

LE FLEUVE, Libre Expression, 1995.

LADICTE COSTE DU NORT, Libre Expression, 1996.

L'ÂGE DU BOIS. STORNOWAY, Libre Expression, 1996.

L'ÂGE DU BOIS. LES TERRES ROMPUES, Libre Expression, 1997.

Collectifs

Poèmes, dans *Imagine...*, science-fiction, littératures de l'imaginaire, nº 21 (vol. V, nº 4), avril 1984.

Le Temps d'une guerre, récit, dans UN ÉTÉ, UN ENFANT, Québec/Amérique, 1990.

L'Amour de moy, récit, dans LE LANGAGE DE L'AMOUR. PARLEZ-MOI D'AMOUR, Musée de la Civilisation, 1993.

Théâtre (non publié)

LES BONHEURS-Z-ESSENTIELS, Théâtre de l'Estoc, 1966.

LES BALANÇOIRES, Théâtre de Quat'Sous, 1972.

Jean O'Neil

Chère chair

Libre Expression

Un ouvrage des
Éditions Libre Expression ltée

Données de catalogage avant publication (Canada)

O'Neil, Jean

Chère chair

Comprend des réf. bibliogr.
Comprend des textes en anglais.

ISBN 2-89111-770-0

I. Titre

PS8529.N3C43 1998   C843'.54   C98-940010-7
PS9529.N3C43 1998
PQ3919.2.O53C43 1998

Illustration de la couverture
Gilles Archambault
Maquette de la couverture
France Lafond
Infographie et mise en pages
Sylvain Boucher

Les Éditions Libre Expression remercient
le Conseil des Arts du Canada et la Société de développement
des entreprises culturelles du soutien accordé
à son programme d'édition dans le cadre de leurs programmes
de subventions globales aux éditeurs.

© Éditions Libre Expression
2016, rue Saint-Hubert
Montréal (Québec) H2L 3Z5

Dépôt légal :
1er trimestre 1998

ISBN 2-89111-770-0

À mon ami Jacques Roberge,
qui m'a permis d'écrire ce livre,
et à Aaron Copland,
qui m'a accompagné tout du long.

Note liminaire

La version anglaise des poèmes de cet ouvrage en est la version originale. Ils ont été traduits en français à la demande expresse de l'éditeur.

On retrouvera dans cet ouvrage quatre textes déjà parus ailleurs :

— «La soupe aux gourganes» — dans *Cap-aux-Oies*, sous le titre de «Recette»;

— «L'omelette au lard» — dans *Gabzou*, sous le titre de «Une bonne menterie»;

— «Manger, fêter» — dans la chronique «Grandeur nature» du magazine québécois *Géo Plein Air*, numéro de janvier 1996;

— «L'Amour de moy» — dans *Le Langage de l'amour. Parlez-moi d'amour*, une publication du Musée de la civilisation, 1993.

Prière

Notre Père
Qui êtes aux cieux
Que votre nom soit sanctifié
Que votre règne arrive
Que votre volonté soit faite sur la terre comme au ciel
Donnez-nous aujourd'hui notre pain quotidien
Pardonnez-nous nos offenses comme nous pardonnons
      à ceux qui nous ont offensés
Et ne nous laissez pas succomber à la tentation
Mais délivrez-nous du mal
Amen

L'amour et la bouffe

Petit retour à la mythologie grecque.

Le Temps (Cronos), fils du Ciel et de la Terre (Ouranos et Gaïa), dévorait tous les enfants que lui donnait son épouse Rhéa, car un oracle lui avait prédit qu'il serait détrôné par un de ses fils. Pour sauver le dernier, Zeus, Rhéa lui substitua une pierre enveloppée dans des langes, que Cronos avala sans sourciller. L'enfant épargné grandit en Crète, où il fut allaité par la chèvre Amalthée.

Parvenu à l'âge adulte, Zeus se fabriqua un bouclier recouvert de la peau de sa nourrice, l'«égide», la chèvre, qui devint le symbole de la protection universelle. Grâce à lui, il détrôna son père et devint le maître de l'Olympe, après quoi il fit cadeau du bouclier de peau à sa fille Athéna, déesse de la guerre et aussi de la raison.

De quel bouclier faut-il s'armer pour chanter ici les plaisirs de la chair?

Et en anglais, partiellement?

Je prévois que même l'égide, ce bouclier de peau, ne suffirait pas à me protéger de l'anathème dont on me frappera pour avoir osé chanter la peau. Mais, à défaut de pouvoir se protéger, on peut quand même tenter de s'expliquer avant d'être mis au pilori par les bonnes âmes.

Les sens sont les voies d'accès de l'esprit, de l'âme et de l'amour aux réalités extérieures à notre personne, mais si la littérature universelle laisse libre cours aux discours de l'esprit, de l'âme et de l'amour, elle est infiniment plus réservée et critique face au langage des sens eux-mêmes. Les mots qu'ils ont pour se dire ne figurent généralement pas dans les dictionnaires de langue mais sont plutôt relégués au rang de l'argot.

Ce sont des mots dits grossiers et, d'ordinaire, la politesse sociale élimine la grossièreté de façon systématique.

Les magazines et le cinéma, des véhicules typiquement vingtième siècle, ont transgressé ce tabou avec le succès commercial et la réprobation morale que l'on sait. Une amie me racontait que sa mère commentait avec des cris d'horreur chaque page des magazines dits pornographiques que ses enfants pouvaient apporter occasionnellement à la maison, mais qu'elle n'en manquait jamais une seule page.

Une autre me disait :

— En retournant le matelas de Benoît, j'ai eu la surprise de trouver une quantité de numéros du magazine *Playboy*. Je les ai tous regardés avec étonnement et plaisir, fort heureuse de l'avancement des connaissances de mon fils, et je les ai remis à leur place sans jamais commenter la chose, me disant seulement qu'au départ il serait tout de même mieux préparé que son père.

Je préfère cette réaction à la précédente, conscient tout de même qu'un excès de vulgarité, dans l'image comme dans le langage, est plus dégoûtant qu'érotique. La frontière n'est malheureusement pas rectiligne. Bien au contraire, elle sinue d'un individu à un autre, comme le serpent qui aurait suggéré à Ève de croquer la pomme, ce qui ressort à une autre mythologie.

Elle sinue également d'une situation à une autre. On ne parle pas au lit comme au salon. Si les mots «érection», «coït», «fellation» et «cunnilingus» sont plus décents dans les conversations du thé, ils n'ont pas leur place dans les jeux qui se déroulent sur les draps, où, dans l'intimité la plus totale, on bande, on baise, on fait une pipe et on suce le petit bijou.

Mais pourquoi en anglais ?

Il existe évidemment de multiples livres en français sur l'érotisme, mais je ne les connais pas vraiment, alors que ceux de l'Amérique anglophone me sont passés entre les mains sans jamais que je les cherche. Et avant même que je les lise, d'autres choses m'étaient passées entre les mains en anglais.

J'ai appris à prier en français et en latin, ce que je fais encore, mais, je l'ai déjà écrit ailleurs et je le répète ici, j'ai appris à bander dans la langue de Shakespeare, croyant même au départ que c'était un jeu anglais.

Et ce fut durant six mois un jeu anglais avec une belle Irlandaise qui était aussi une adepte du soufisme et qui passait très facilement du lit au plancher, à genoux, pour se plonger dans de fructueuses méditations.

Ou l'inverse.

Un jour, elle m'apporta des poèmes d'Erica Jong[1], dont «*Porn Flicks*», où l'auteur dit notamment :

> *One touch*
> *Is worth a thousand pictures*
> *[...]*
> *Those who can't tell*
> *The difference*
> *Deserve to be f****d*
> *With their eyes open.*

Je me sentis une nouvelle vocation ce jour-là et je me mis à l'œuvre avec une ardeur soutenue, dans la langue de mon enfance et dans celle de mon amie.

C'est devenu un lieu commun d'affirmer que «*French kiss*» est dans les deux langues.

Hélas ! le soufisme entraîna ma belle vers un homme plus près que moi de ce courant islamique et je me retrouvai seul avec ma poignée de poèmes.

---

1. Erica Jong, *At the Edge of the Body*, Holt, Rinehart and Winston, 1978.

Fin de la créativité érotique, jusqu'à ce que je tombe sur le merveilleux livre de Lawrence Paros, *The Erotic Tongue*[1]. Sur la quatrième de couverture, Paros est décrit comme une autorité en matière de langue, un activiste sociopolitique, un administrateur, un érudit modeste et un respectable père de famille. La dédicace à ses filles dénote un humour et un amour aussi rares que particuliers : «*To Beth and Jennifer, words of love and respect.*»

À partir de là, Paros fait l'inventaire de tout ce qu'il y a de plus fin, de plus vulgaire et de plus drôle dans les noms et les expressions qui concernent l'anatomie et les relations sexuelles.

On a dit de son livre que c'était un traité propre sur des mots sales.

Les citations ne manquent surtout pas, comme celle-ci, de Woody Allen :

— Avec qui l'as-tu fait, la première fois ?
— J'étais seul dans ce temps-là.

Ou cette autre, intraduisible, d'une dame témoignant contre l'homme qu'elle accusait de l'avoir violée :

Le juge : *Did he introduce his organ ?*
Elle : *It was more like a flute, Your Honor.*

Paros, comme Erica Jong, n'écrit jamais au complet les mots compromettants, pour la bonne raison qu'un jugement de la Cour suprême des États-Unis rendu en juillet 1978 interdit l'utilisation de sept mots «sales» dans les publications et sur les ondes quand ils peuvent tomber sous les yeux ou dans les oreilles des enfants. Lorsque la nouvelle parut dans les

---

1. Lawrence Paros, *The Erotic Tongue, A Sexual Lexicon*, Henry Holt and Company Inc., New York, 1988.

journaux, les lecteurs se posèrent beaucoup de questions, car aucun journal ne publia lesdits mots ou les mots dits. Ce sont «*cocksucker*», «*cunt*», «*fuck*», «*motherfucker*», «*piss*», «*shit*» et «*tit*». Pour se conformer au jugement, Paros écrit donc «c∗∗ks∗∗ker», «c∗∗t», etc.

Ce Paros m'a relancé sur la piste mais je n'ai jamais pris les mêmes précautions que lui. J'ignore si la Cour suprême du Canada a émis semblable jugement et j'ai fait bien attention de ne procéder à aucune recherche, craignant sans doute de trouver quelque chose. À vrai dire, j'ai toujours espéré m'attirer les foudres de la justice si jamais mes poèmes parvenaient à la publication. Après tout, *Madame Bovary*, *Les Fleurs du mal* et *Les Versets sataniques* doivent leur succès à pareilles circonstances.

— Tout de même, pourquoi ne pas les avoir traduits en français?

— Parce qu'ils me semblent aussi intraduisibles que l'hymne du jeudi saint, *Ubi caritas et amor, Deus ibi est*. «Là où sont la charité et l'amour, Dieu est présent aussi.»

— Vous dites que c'est intraduisible et vous venez de le traduire.

— Oui, mais la version française ne peut pas se chanter sur la mélodie de l'hymne grégorien, et mes poèmes en anglais n'auraient pas, s'ils étaient traduits, le rythme... le rythme... le rythme approprié, disons.

Et puis il est reconnu à l'échelle internationale que le français est la langue de la diplomatie tandis que l'anglais est la langue des affaires.

Or, l'érotisme est moins une joute diplomatique qu'une affaire, et une affaire extrêmement sérieuse. La vérité, c'est qu'il n'y a pas de grand amour, d'amour durable, sans que la joie des sens parvienne à l'esprit.

C'est la grâce que je vous souhaite, «comme que» disait monsieur le curé du haut de la chair(e).

* * *

Voilà pour l'amour. La bouffe, maintenant.

J'ignore si cette réflexion m'est venue avec l'âge de raison mais je n'ai jamais compris que l'on groupe en cinq sens nos modes de perception. Pour moi, il n'y en aurait que quatre. La vue, l'ouïe et l'odorat me semblent des façons distinctes de percevoir les réalités extérieures par les ondes lumineuses, sonores ou olfactives qu'elles émettent. Le goût et le toucher, cependant, m'apparaissent tous deux comme une affaire de peau, et si l'on se met à faire des distinctions dans les spé-cialités de la peau, il faudrait allonger démesurément la liste des sens puisque la peau des lèvres, de la langue, du palais, des seins, des doigts, des fesses, du pénis, du clitoris et du vagin n'enregistrent pas les mêmes sensations, bien loin de là.

«Sensations des sens» est un truisme, comme «la liberté de la libération», mais c'est un truisme plein de *s*, d'une sonorité jouissive qui convient bien à mon propos.

Manger est tout simplement le plaisir attaché à la nutrition, comme baiser est le plaisir attaché à la reproduction. Bien malheureux ceux et celles qui ne connaissent pas l'un autant que l'autre.

Il y a dans la bouffe quelque chose qui m'émeut au plus haut point, et ce n'est même pas vraiment dans la bouffe, mais plutôt dans les personnes qui la font.

Serait-ce comme dans la musique, dans la peinture et dans l'écriture? Les unes et les uns la font bonne, se taisent dans leur cuisine et laissent parler leurs œuvres sur la nappe; les autres la font toujours mauvaise et la vantent à pleins tuyaux d'orgue, la toque sur la tête, la caméra de télévision dans la face, la photo dans le journal et les doigts dans le... nez!

Comment ne pas vouloir mourir devant de telles chipies, dont le masculin est «trou-de-cul»?

Oui, avant la bouffe elle-même, ce sont les cuisinières et les cuisiniers qui m'émeuvent, tout à leur art pour un chef-d'œuvre très important mais combien éphémère. Ce ragôut semble rustique mais il a été savamment assaisonné et il a longuement mijoté sous benoîte surveillance avant d'être servi, boulettes, porc et poulet, dans une sauce élégante, onctueuse, qui, dans l'assiette, fait se rallier les pommes vapeur aux délices de la chaudronnée. Et ce soufflé au fromage, fragile sous son chapeau audacieux, est un nuage de bonheur aussitôt aspiré, plutôt qu'avalé, avec une étincelle de bonheur dans les yeux du connaisseur.

Et qui sait si l'auteur de ces merveilles n'est pas tapi derrière quelque orifice de sa cuisine pour tenter d'attraper cette étincelle au passage, comme le peintre qui assiste à son vernissage ou l'écrivain qui lit sa première critique ?

* * *

Le ciel d'après-midi se parait de quelques nuages quand nous entrâmes au *Gargantua* après maintes errances à travers plages et monts. Dans les yeux, dans les jambes, dans l'estomac, nous avions des kilomètres et des kilomètres de paysages, des petits fruits, des noisettes, des oiseaux, des fleurs, des cailloux, des coquillages, des parfums de mer et des martèlements de vagues sur les berges.

Nous étions complètement ivres de trop de découvertes en une seule journée.

Au-delà de tout, j'avais vu deux adolescents s'embrasser au pied du cap Canon et j'avais fait remarquer à Louise que j'en étais jaloux, sur quoi elle s'empressa de me plaquer un bécot sur la joue, mais un bécot quelque peu grossier, ou, à tout le moins, moqueur, et qu'elle accompagna d'une remarque ciselée :

— Tu regardes trop les jeunes, mon vieux schnock !

Le journal acheté rue principale parlait du suicide chez les adolescents de Davis Inlet et, au terme de cette journée magnifique, je ne savais trop si j'avais le droit d'être heureux ou si je ne devais pas plutôt m'abandonner aux affres de Kafka et de Jean-Paul Sartre pour être homme de mon siècle.

Nous prîmes une table entre le foyer et les fenêtres qui donnaient sur la mer.

Entre le feu et l'eau.

Entre le confort et l'aventure.

Toute douillette que soit notre vie, on imagine fort mal celle de nos ancêtres, qui arrivaient sur ces rivages au bout d'interminables intempéries et qui n'avaient jamais le moindre moment pour réfléchir sur les aléas de la condition humaine, les chanceux.

Mais a-t-on le droit d'avoir une vie douillette quand les gens se massacrent au Rwanda, en Bosnie, au Cambodge et aux quatre coins du monde, à vrai dire?

A-t-on le droit d'avoir une vie douillette quand les enfants se suicident à Davis Inlet?

A-t-on le droit d'avoir une vie douillette quand la question de la constitution canadienne n'a pas encore été réglée et que les référendums sur la souveraineté du Québec se profilent à intervalles réguliers comme les plaies d'Égypte?

A-t-on le droit d'être heureux sans demander la permission à personne d'autre que soi-même?

Ni à sa copine ni à son copain, et surtout pas au pape, qui ne dira jamais oui?

Louise vit toutes ces questions sur mon visage et s'en alarma quelque peu.

— Qu'est-ce que t'as?

— Rien.

— Rien? Tu ne te vois pas!

— Rien, vraiment. Rien!

— Peut-être que je suis de trop. Je puis m'en aller, tu sais. Le train part dans une demi-heure et j'adorerais prendre le train jusqu'à Montréal. Toute une nuit à me faire bercer en somnolant.

— Tu es folle!

— Je ne suis pas folle, mais toi tu es triste. À cause de moi ? À cause des amoureux qui s'embrassaient ?

— Louise, je t'aime beaucoup.

— Ça ne paraît pas.

— C'est la journée. Je rapporte trop de choses. Trop de choses magnifiques. Je suppose que je suis fatigué. Pourtant, crois-moi, je suis très heureux d'être assis à côté de toi, entre le foyer et la mer. La vérité vraie, c'est que je me demande si j'y ai droit. Droit à tant de bonheur. Droit à toi.

— As-tu vu qu'il y avait du lapin au menu ?

— Oui, mais je veux plutôt la morue.

— Moi, je prendrai le lapin. Nous buvons quoi ?

— Que dirais-tu d'un pinot blanc ?

— Je dirais oui et je dirais autre chose.

— Quoi ?

— Je dirais que je t'aime et que je te veux heureux, plein de paysages, de petits fruits, de noisettes, d'oiseaux, de fleurs, de cailloux, de coquillages, de parfums de mer et de martèlements de vagues sur les berges.

Je ne puis parler du lapin, bien doré entre ses carottes, ses courgettes et son riz à la sarriette, mais la morue était superbe, persillée, grillée au four sur fond d'oignons et servie avec des pommes de terre à la boulangère.

Me revint alors à la mémoire ce vieil adage sorti je ne sais d'où : un bon repas est le plus sage et le plus ancien des calmants.

Après le lapin, la morue et le pinot blanc, il y eut une promenade dans le crépuscule, et des moments indicibles, dans le chalet en bois rond qui surplombait la falaise, la mer, l'univers, ses lapins, ses morues et son pinot blanc.

En avant, toutes !

Tétons et trous de cul,
Poils et jus,
Bittes et couilles,
Fesses en gouttes d'huile,
Langues et chatons,
Intimités muettes,
Mains et gestes
De nos maigres plaisirs
Sont souvent l'étalon
Et l'unique récompense
De nos vies difficiles.
Mais, évidemment, nous proliférons.

Forward All!

Tits and asses,
Hair and juices,
Cocks and balls,
Buttocks that fall,
Tongues and pussies,
Untold intimacies,
Hands and gestures
Of our mean pleasures,
Are often the stickyard
And the sole reward
For our painful lives.
But, of course, we thrive.

Le potager

Le bonheur est semblable à un couple qui s'aime et qui entretient un potager.

L'amour d'abord, le potager ensuite, et tout est bien parti.

Las! Cela n'est plus guère possible en territoire urbain, et pourtant d'aucuns marchent sur les mains pour y arriver. Hughes, qui habite au nième étage d'une tour, racontait l'autre soir qu'il revenait fourbu d'être allé semer des radis dans une parcelle de jardin communautaire.

— Des radis qui vont me coûter à peu près sept piastres chaque si je calcule mon temps, l'essence pour m'y rendre et les outils de jardinage!

L'évolution sociale et l'urbanisation massive obligent souvent l'homme à quitter son potager qui, lui, quitte rarement son homme. Balconville est plus fleurie que jamais et on s'astreint même à y faire pousser quelques tomates, quelques concombres, quelques fines herbes, toutes choses qui, en saison, abondent à peu de frais dans tous les marchés de légumes. Mais aller soi-même, en pyjama, couper sa ciboulette au-dessus de l'autoroute Décarie pour déjeuner d'une omelette, c'est autre chose que de s'habiller et de marcher jusqu'à la fruiterie, si aimable que soit la caissière.

Hélas! le potager, comme l'amour, demande une fidélité de tous les instants et cette vertu devient de plus en plus rare. Une semaine de vacances au bord de la mer en juillet et les mauvaises herbes envahissent la place, comme des pillards, une vitrine de supermarché défoncée. Aussi, à l'exception des maraîchers et des agriculteurs, qui laissent souvent le potager aux soins de l'épouse, comme si c'était le prolongement de la cuisine, ce sont généralement les personnes âgées qui entretiennent les plus beaux potagers.

Celui de mon vieux voisin, le père Hubbard, était plus propre que le plancher de mon salon. Le cher homme s'y rendait dès que la rosée du matin s'était levée et aucune mauvaise herbe n'échappait à son œil de faucon. À quatre pattes, il les arrachait une par une et passait ensuite le sarcloir à cinq griffes entre les rangs, de même qu'entre les plants, là où c'était possible, comme chez les pommes de terre. Venait enfin le râteau, et le potager était peigné de bout en bout.

Le râteau restait toujours près du jardin, de sorte que, si le père Hubbard devait y retourner pour cueillir quelque légume, il ratissait la trace de ses pas derrière lui, comme doivent le faire les golfeurs au sortir des fosses de sable.

Il fallait voir grimper ses petits pois sur les treillis qu'il leur avait montés, et le parfait alignement des betteraves, des navets, des carottes, des choux et des oignons. Il savait émonder ses tomates comme personne, et en mangeait toujours quelques semaines avant ses voisins. Il semait des radis aux quinze jours et en cueillait tout l'été. Il était fort aussi sur la bette à carde, qu'il préférait aux épinards. Le maïs et les petites fèves, on n'en parle pas puisque personne ne s'en serait privé. Par contre, je ne me souviens pas qu'il ait cultivé des poireaux, ces délicieux poireaux que je n'ai découverts qu'en arrivant à Québec. Il cultivait toutefois des panais et des salsifis, chose trop rare aujourd'hui.

Il émondait et greffait lui même ses pommiers, entretenait quelques pruniers, et ses fruits n'avaient pas leur pareil sur tout le chemin Prospect.

Ses concombres, ses courges et ses citrouilles étaient quelque chose à voir. Un autre potager, quoi, bien à l'écart du précédent, sur une butte de terre noire et de fumier pourri. Les tiges couraient dans tous les sens et il les ramenait vers le centre du meulon pour éviter qu'elles n'envahissent les champs. Cela vous faisait un étalage de cucurbitacées comme au marché ou comme à une foire agricole.

Monet en eût fait une fort jolie peinture s'il était passé par là.

Les plates-bandes de sa pelouse étaient un autre poème. Passeroses, centaurée, pensées, lobélie, mufliers, rudbeckia, pieds-d'alouette, calendules, cosmos, phlox, capucines, pois de senteur, asters et roses d'Irlande entouraient la maison d'une corbeille bourdonnante d'insectes, et qui variait ses couleurs avec les semaines et les mois.

Bref, il a été mon maître ès jardinage.

Je l'ai dépassé en un sens, en ajoutant à mes potagers des poivrons, des aubergines, du fenouil, des courgettes, et des poireaux évidemment. Mais jamais mes potagers n'ont eu la grâce et l'élégance des siens. Il faut choisir entre le nomadisme et la sédentarité. Celui qui choisit alternativement l'un et l'autre s'enrichit de bien des choses mais se prive de combien d'autres!

Mes plates-bandes, par contre, faisaient s'arrêter les voitures sur le boulevard Quinn, à Longueuil, et je cultive encore des pois de senteur, des capucines et des cosmos à Balconville.

Pour le reste, je vais me promener dans les marchés publics et je me rince l'œil comme il faut devant des étalages à faire rêver. Quel travail pour la beauté de ces étalages! Et on voit bien que toute la famille y met la main, car, au même stand, on trouve tantôt le père, tantôt la mère, tantôt la fille et tantôt le garçon, à moins que ce ne soient des voisins, des cousins ou je ne sais qui.

Peu m'importe, au fond. Derrière les montagnes de choux-fleurs, les cordes de maïs en épi et les mannes de pommes, je vois toujours le père Hubbard qui me sourit.

Hélas! je vais au marché uniquement pour lui dire bonjour et pour me rincer l'œil, car, pour des raisons que j'ignore, les prix y sont souvent deux fois plus élevés qu'ailleurs. Alors je reviens chez moi en arrêtant à la fruiterie de Bob pour faire mes achats à bien meilleur compte.

Et le merveilleux sourire de Catherine est toujours gratuit.

Limerick

Limerick

C'tait une jeune fille de L'Isle-aux-Grues
Qui ne voulait rien tant que de se faire visser.
Dit la mère
À la fille :
Trouve-toi d'abord un tournevis.

Limerick[1]

'twas a young girl from L'Isle-aux-Grues,
Wanted nothing more than a screw.
Said the mother
To her daughter :
First you must find a screwdriver.

---

1. Limerick est une ville d'Irlande. C'est également le nom d'un poème en vers, généralement cinq, rimés, et, à tout le moins, amusants quand ils ne sont pas salaces.

Les herbes salées

Gisèle téléphone et demande la recette des herbes salées. Le potager déborde, dit-elle, et il est temps de le mettre en pots, sous peine de le perdre.

La plupart des herbes potagères que nous utilisons sont de la famille des labiées et elles se marient entre elles avec beaucoup d'amitié, pourvu qu'on y mette un peu de sel.

Basilic, origan, sarriette, sauge et thym composent un bouquet de saveurs qui rehaussent bien des platitudes.

— Et la ciboulette?

— Pas de ciboulette!

La ciboulette se consomme fraîche. Salée, en pot, elle vire eau et perd ses propriétés sans les transmettre.

— C'est du poireau qu'il te faut!

— Du poireau?

— Oui, haché fin. De même qu'une carotte traitée avec les mêmes égards. Un peu d'ail peut-être, et même pas, si tu es brave. Surtout pas d'estragon ni de romarin. Ce sont des solistes et ils dérangeront la potée.

Oh! la bonté des herbes et la tendresse qu'elles insinuent dans la chair de nos victimes!

— Quelle est ta recette?

— Il n'y a pas de recette. Tu haches toutes les merveilles et tu les fourres dans un pot avec du sel. Un pot tout de verre.

Pas de couvercle métallique. Oui, voilà : poireau, carotte, basilic, origan, sarriette, sauge.

— Et la coriandre?

— Peut-être.

Je n'ai jamais essayé.

La coriandre?

Quel problème!

Tellement bonne, la coriandre!

Je penserais que oui, et que non.

Je dirais que c'est un «essaye à part».

Gisèle est vraiment tache!

A-t-on idée de déranger les gens avec des questions existentielles comme le rôle de la coriandre dans les herbes salées!

Désormais, sans doute la chercherai-je dans toutes mes soupes aux pois.

La coriandre.

Gisèle aussi, peut-être.

De crevettes et de nombrils

De crevettes et de nombrils

J'ai tout vu ça dans tes yeux
Dès que nous nous sommes rencontrés à la soirée.
Ton mari parlait politique avec mon épouse
Et tu regardais les violettes africaines.
Déambulant avec un scotch-soda
Je fus hypnotisé par la fourche de ton jeans blanc
Par-derrière et par-devant.
Quelqu'un s'avança avec un plateau de hors-d'œuvre
Et,
Distraitement,
Nous avons tous deux choisi la même crevette.
Surpris,
Nous nous sommes regardés et nous avons ri.
Ainsi, me voilà donc dans tes draps,
Transporté par la béatitude,
Et un peu fatigué de tant de bonheur
Alors que tant de problèmes restent à régler,
Bien que je revoie toute la scène dans tes yeux
Lorsque nos nombrils osent se rencontrer.

Of Shrimps and Belly Buttons

I saw it all in your eyes
The moment we met at the party.
Your husband was talking politics with my wife
And your were looking at the African violets.
Walking about with a scotch and soda,
I was hypnotized by the crotch of your white denims,
Backwards and frontwards.
Someone came along with a tray of hors-d'œuvres
And,
Absentmindedly,
We both made for the same shrimp.
Surprised,
We looked at each other and laughed.
So here I am in your bed sheets,
Ebullient with bliss
And a little tired of being so happy
While so many problems are yet to be solved,
Though I still see it all in your eyes
When our belly buttons dare to meet.

La soupe aux pois

On m'avait recommandé de ne pas passer par Saint-Félicien sans arrêter à la pâtisserie *Grand-maman* pour m'y acheter une tarte aux bleuets. Je trouvai l'endroit, je trouvai la tarte, mais je ne trouvai pas grand-maman, qui n'y était pas et à qui je tenais plus qu'à ses tartes. Sa fille eut toutefois l'obligeance de me dire que je la trouverais à son domicile, où elle tenait un autre comptoir de vente.

Elle y était en effet, septuagénaire alerte et diserte, parmi les miches blondes qu'elle venait de défourner et qui sentaient le bonheur à plein ciel.

On jasa bien une trentaine de minutes et je serais resté plus longtemps si je n'avais pas été attendu ailleurs. Veuve, grand-mère et arrière-grand-mère, grand-maman ne pouvait s'empêcher de faire ce qu'elle avait fait toute sa vie, la cuisine. Oh! une cuisine aussi modeste qu'exemplaire, une cuisine pour bûcherons, et plusieurs ne le croiraient pas en découvrant la finesse du pain et des pâtisseries de grand-maman.

Un chef exemplaire, muni d'un doctorat de l'université de Bordeaux, doctorat qu'il me dit avoir jeté à la poubelle après la collation des grades, Marcel Bouchard, de *L'Auberge des 21*, à La Baie, à qui je relatais ma conversation avec grand-maman, me dit : «La cuisine des chantiers, c'est la meilleure!» Ce disant, il ne faisait que confirmer ce que j'ai toujours cru, du moins au cours des dernières décennies, soit que les bûcherons et les travailleurs de nos grands chantiers forestiers ou hydro-électriques sont parmi les plus fins gourmets de chez nous.

Je n'ai jamais travaillé dans ces immenses chantiers, mais je sais, pour en avoir visité quelques-uns, que le fast-food des chaînes de montage états-uniennes n'y a pas beaucoup d'emprise.

Loin de chez eux et rompus à des besognes rudes, exigeantes, éreintantes et délicates, les femmes et les hommes de chantier n'ont pas besoin que de glucides, de lipides et de protéines pour subsister. Ils ont besoin de manger bon et de manger fin aussi bien que de manger solide, car c'est le moral qui tient la carcasse.

C'est pourquoi la soupe aux pois est encore la reine de la table.

On la trouve de moins en moins au menu des grands restaurants de nos villes, où elle laisse la place à des crèmes et à des potages souvent savoureux, tout juste inventés par les diplômés de notre Institut de tourisme et d'hôtellerie, ou à des soupes limpides arrivées d'Asie dans les bagages de milliers d'immigrants et de réfugiés politiques.

Elle est plus tenace sur les tables familiales où l'on sait encore manger, et la simple vision d'un os de jambon, d'une brique de lard, d'une botte de poireaux ou même d'un beau bouquet de sarriette suffit souvent pour que la cuisinière, le cuisinier ou l'ado de passage dise soudain : «Ça fait longtemps qu'on a mangé de la soupe aux pois!»

L'étonnant, c'est qu'on n'en trouve pas souvent la recette dans les livres américains ou français, qui offrent plutôt la version en purée du potage Saint-Germain, alors qu'elle est partout dans ceux du pays, et partout différente, de sorte qu'il y a autant de façons de la réussir qu'il y en a de la manquer.

Trop claire ou trop épaisse, elle est affreuse.

Voici une juste proportion pour les ingrédients essentiels :

500 grammes de pois secs, ni écalés ni cassés;
3 litres d'eau;
250 grammes de lard salé;
2 bons oignons en morceaux;
1 bonne poignée de sarriette fraîche hachée menue,
ou 1 cuillerée à table de sarriette séchée;
2 feuilles de laurier;
sel et poivre au goût.

«Sel et poivre au goût» est la pire information que l'on puisse donner, encore qu'elle soit plutôt inévitable, et, parmi les éléments essentiels, d'aucuns ajouteront aussitôt:

«Une ou deux branches de céleri, et une ou deux bonnes carottes en dés.»

Les Américains font leur soupe avec un os de jambon, alors que nous utilisons plutôt le lard salé. Il est bon de savoir que les deux font un mariage exquis dans la marmite.

De même, on peut remplacer les oignons par des poireaux, et cela nous mène à autre chose, les herbes salées, mais c'est du déjà vu dans un chapitre précédent.

Le grand secret de la soupe aux pois réside dans la lenteur de la cuisson, encore qu'on puisse y aller d'abord d'un joli coup de feu qui accélère l'ébullition.

Ensuite, presque rien.

Pendant des heures et des heures.

C'est le temps d'aller au bureau de poste, ainsi qu'au garage pour engueuler Greg, qui a omis de remplacer l'ampoule du phare gauche.

Tricoter n'est pas une bête idée non plus.

L'essentiel est d'oublier la soupe, qui, elle, ne vous oubliera pas, dégageant bientôt un parfum qui active les papilles gustatives et réjouit les poils du nez.

On peut la laisser dormir jusqu'au lendemain si on en a la patience. Mais si les enfants reviennent en trombe, finie la patience et bonjour la soupe.

Avec des tartines beurrées épais.
Le cholestérol sera pour un autre jour.

P.-S. Ma belle-sœur y ajoute une poignée de riz, ce que je ne fais jamais, pour le plaisir de ne manger cette version que chez elle.

Sensation

Sensation

Quand il m'a embrassée pour la nuit sur le pas de la
    porte
Il m'a serrée assez fort
Pour que je comprenne
Qu'il en avait un vrai.
Oh! comme je vous ai détestés alors,
Travailleurs de toutes les industries textiles
Qui construisez de si solides barrières
Contre de si tendres désirs.

Feeling

When he kissed me goodnight in the doorway
He held me tight enough
For me to understand
That he had a real one.
Oh, how I hated you then,
Workers of all textile factories,
Who build up such solid barriers
Between so sweet desires.

La soupe à l'orge

Les gens disent parfois «la soupe au *barley*».

Yark!

Cette céréale exquise est à l'origine du whisky, qui a conquis l'Angleterre après que l'Angleterre eut conquis l'Écosse.

La soupe commence par un os trouvé au magasin de M. Fletcher. Il me fait rire, M. Fletcher. Été comme hiver, toujours le veston marine sur le pantalon gris et la face rubiconde par-dessus. Ne doit-il pas être tanné de toujours tenir ce magasin immense et de se faire crier à tout bout de champ par l'interphone : «*Mister Fletcher, please!*»?

S'il est tanné, cela ne paraît pas, car il jase tout le temps, tantôt avec une cliente, tantôt avec un employé, tantôt avec un représentant. Combien de représentants viennent garnir les tablettes de son magasin? Deux mille cinq cents, peut-être. Et qui lui apporte les os à soupe?

Ça, je le sais.

Son immense magasin n'est que le dessus d'une usine où s'entassent des conteneurs de victuailles, où s'échouent des poissons de partout, où atterrissent des volailles plumées, cisaillées, où se découpent des fromages, où s'empilent des sacs de café, de sucre, de farine, des fruits en panier, des légumes en cageot, où se dépècent des carcasses d'agneau, de porc, de veau et de bœuf qui montent du sous-sol à pleins chariots, en petits paquets pesés, emballés, étiquetés, jolis même, desquels une rotule de bouvillon et une portion de fémur serviront d'os à soupe pour la présente.

Tant qu'à être chez M. Fletcher, aussi bien prendre deux belles tomates si elles ont mûri sur le pied en saison. Autrement, mieux vaut les acheter en boîte, déjà coupées en dés, à moins de faire soi-même le job, par robot interposé. Carottes, céleri et oignons, bien sûr, de même qu'un bouquet de sarriette, sauf qu'on en trouve rarement chez M. Fletcher.

Bob, le Bengali de la Fruiterie Westmount, devrait en avoir, lui.

Si toutes ces bonnes choses se trouvent déjà au potager, n'en parlons plus et allons-y gaiement.

La taille des légumes est un sujet digne des plus grandes discussions philosophiques, encore qu'elle ne relève vraiment que du goût de chacun. On jouera du couteau ou du robot, selon que l'on veut une soupe en morceaux ou une soupe en molécules. L'important est de peler les carottes avec tendresse et de les tailler en leur disant tout l'amour qu'on a pour elles. Attention au céleri, que l'on défibrera de préférence. Pour les oignons, il va de soi qu'on les coupe en pleurant.

On met d'abord les os à bouillir. Vivement. Dans beaucoup d'eau que l'on tempère aussitôt pour ne la laisser que frissonner.

Et l'on écume l'amertume qui mousse et se trémousse.

Les quantités?

À la fortune du pot. Un bon os mérite trois litres d'eau, deux ou trois oignons, deux carottes, deux côtes de céleri et une pleine poignée de sarriette qui ne s'ajoutera qu'à la fin.

Car il faut commencer par l'orge, et la quantité est toujours une énigme. Trop claire, la soupe sera insipide. Trop épaisse, elle aura un goût de colle, comme au restaurant, ce qu'il faut éviter à tout prix. Une demi-tasse d'orge, disons. En corrigeant plus tard avec de l'eau, si besoin est.

Ou avec de l'orge.

Mais l'orge a besoin de cuire longtemps pour donner toute son onction à la soupe; autrement, ce n'est pas la peine d'entreprendre la corvée.

Bien assaisonnée, parfois réchauffée de la veille, la soupe à l'orge est un jardin potager dans une assiette.

Avec ses couleurs, ses parfums, ses souvenirs de semis, d'entretien, de récolte et de causettes avec les voisins.

Avec son goût de revenez-y.

Zut! j'oubliais!

Paolo, un Sarde qui tient restaurant juste devant le magasin de M. Fletcher, y ajoute toujours une ou deux côtes de fenouil, coupées en dés. C'est super, mais si le fenouil se fait rare, une poignée de graines ensachées, jetée en fin de bouillon, fera tout aussi bien l'affaire.

À bien y penser, il est des jours gris où il vaut mieux aller la manger chez Paolo, car la conversation y sent la Méditerranée ensoleillée.

Tous deux fous

Il semble que j'aie cherché la paix partout autour du
    monde
Et je l'ai trouvée ici,
Dans tes bras.
S'il te plaît, ne m'explique pas ça.
Je sais même que cela ne peut durer,
Bien que cela tienne depuis quelques années déjà.
Bien que cela puisse casser à tout moment.
S'il te plaît, ne me dis pas pourquoi je continue de
    mettre mon nez dans ton cou.
Je puis très bien vivre seule,
Mais je ne puis songer à vivre sans tes bras autour
    de moi
En des moments précieux,
Aussi rares qu'ils deviennent.
Je pense à moi t'attendant à la maison avec des fleurs,
Avec des milliers de raisons pour expliquer ton retard.
T'attendant avec un bon repas que tu mérites après
    une affreuse journée de réunions où tu t'es
    conduit comme un pro.
S'il te plaît ne m'explique pas ça,
Mais je ne puis songer à vivre sans t'attendre à la
    maison avec des fleurs,
Avec le plus honnête sourire,
Avec un bon lit.
Je ne puis songer à vivre sans tes bras autour de moi.

Both Crazy

It seems that I looked for peace all around the world
And I found it here,
In your arms.
Please don't explain it to me.
I even know that it can't last,
Though it has for some years now,
Though it can break any minute.
Please don't tell me why I keep wanting to put my
        nose in your neck.
I can very well live alone,
But I can't think of living without your arms around
        me
In some precious moments,
However rare they become.
I think of myself waiting for you with some flowers
        in the house,
With thousands of reasons for your being late.
Waiting for you with a good meal which you deserved
        through a gruesome day of meetings where you
        proved yourself a pro.
Please don't explain it to me,
But I can't think of living without waiting for you
With some flowers in the house,
With the most honest smile,
With a good bed.
I can't think of living without your arms around me.

La paix partout dans le monde !
Et elle est seulement autour de moi.
S'il te plaît, dis-moi que je suis folle.

Nous le sommes tous deux.
Je n'ai jamais cherché la paix,
Ni la guerre,
Ni l'amour.
C'était moi, mon ego et moi-même dans le cours
*   d'une fabuleuse carrière.*
Mais j'ai trébuché sur toi
Comme sur un billot dans le sentier de la montagne
Et, les orteils meurtris,
Les genoux en sang,
J'ai découvert que je préférais être avec toi dans la
*   pente*
Plutôt que seul au sommet.

Mais si nous nous y rendions ensemble... ?

Peace all around the world!
And it's simply around me.
Please tell me I'm crazy.

We are both.
I never looked for peace,
Neither for war,
Neither for love.
It was me, myself and I in the course of a fabulous
*   career.*
But I stumbled on you
As on a log in the mountain path
And from my aching toes,
From my bleeding knees
I found out that I'd rather be with you on the slope
Than all alone on top.

And suppose we got there together...

La soupe aux gourganes

Pour faire une bonne soupe aux gourganes, il faut, dès que Denis est levé, l'envoyer à la cave chercher une briquette dans le quart de lard.

Avant qu'André ne parte aux champs, il faut lui demander de remplir la boîte à bois dans la cuisine d'été.

Il faut demander à Daniel de faire du petit bois d'allumage et à Diane de partir le feu.

Pendant ce temps, aller au jardin casser les gourganes et rapporter également deux douzaines de carottes, fines comme des crayons, un beau bouquet de feuilles de betterave et trois oignons bien pris.

Couper le lard en dés et le laisser fondre dans une grande casserole au mitan du poêle à bois. Quand il a juté un peu, ajouter les oignons grossièrement hachés et tirer la casserole vers un feu plus ardent.

Laisser dorer les oignons pendant que les enfants se dépêchent d'écosser les gourganes. Quand c'est fait, les ajouter dans la casserole avec quatre litres d'eau et demander à Diane de remettre du bois.

Laver les carottes et couper les feuilles de betterave. Les mettre dans la soupe quand elle commence à faire des bouillons.

Ajouter aussi une bonne poignée d'orge et crier :
— Daniel, cher, j'ai oublié la sarriette. Va donc m'en chercher !

La hacher finement et l'ajouter, malgré les sarcasmes d'André qui, entré à la cuisine pour manger un beigne, s'écrie :

— La *mére*, tu nous fais encore une soupe au gazon !

Assaisonner de gros sel et d'un nuage de poivre noir. Ramener la casserole en un point de chaleur moyenne et bourrer le poêle pour qu'il ne lâche pas.

Ensuite, y penser pendant deux heures en se disant :

«C'est donc bien l'été puisque nous v'là à manger de la soupe aux gourganes !»

Inviter les voisins du haut de la côte et les faire asseoir à table en même temps que les hommes revenus des champs. Les servir. Les regarder plonger leur cuillère dans leur bol et se dépêcher d'en reprendre tout en enlevant du doigt une feuille de betterave attardée à la commissure des lèvres.

S'asseoir et reprendre son souffle avant d'y goûter soi-même.

Solitude

Solitude

Je me suis réveillé ce matin avec une érection digne
    de ta chatte.
Tu aurais adoré ça mais tu n'y étais pas et j'ai dû
    m'organiser tout seul,
Avec plus de regrets que de plaisir,
Mais que veux-tu faire d'une érection
Quand, aux alentours, aucun minet ne cherche de lait?

Loneliness

I woke up this morning with a hard-on worth of your
    pussy.
You would have loved it but you weren't there and I
    had to work it out by myself,
With more grievance than pleasure,
But what can you do with a hard-on
When there's no pussy around for a little milk?

L'œuf

Quand Sonia Semenovitchski envoya son fils Pavel au poulailler pour cueillir les œufs, le dimanche 7 mai 1922, elle ne se doutait pas de la surprise qui l'attendait. La femme habitait seule avec son fils de six ans en banlieue de Shpola, au sud de Kiev. Sa maison avait été le hangar de ses beaux-parents, aménagé tant bien que mal par son mari Nikolaï, qui était ensuite disparu aux environs de Moscou avec la Révolution, oui, la Révolution avec un R majuscule, car Nikolaï était un bolchevik convaincu, ignorant du sort que son idole Staline préparait aux habitants de son pays, l'Ukraine.

Aller cueillir les œufs était une routine pour Pavel, qui apportait aux poules des pelures de pomme de terre, de carotte ou de navet. Il y avait quatre poules et généralement deux œufs, avec lesquels Sonia faisait des omelettes ou des pâtisseries, car manger un œuf sans l'allonger de lait, de fromage, de légumes, de farine et du peu de choses que l'armoire pouvait contenir, vraiment, manger un œuf entier sans autre accommodement était un luxe inimaginable dans ce modeste univers.

Des quatre poules, deux étaient grises, l'une était blanche et l'autre, noire. Seule la noire était au nid ce matin-là, les trois autres picorant ce qu'elles pouvaient trouver dans la paille qui couvrait la terre battue. Il y avait déjà un œuf dans l'un des nids et Pavel se hasarda à passer la main sous la poule noire pour voir si elle avait achevé son œuvre.

La poule le laissa faire, mais l'étonnement de Pavel fut grand quand, au lieu de trouver un œuf tout chaud, il toucha une manière de caillou plutôt glacé que tiède. Il le retira sans que la poule proteste et se retrouva avec dans la main un œuf en émail rouge et marron, tout décoré de guirlandes d'or. Dans sa surprise, il faillit l'échapper, mais, comme il le rattrapait, l'œuf s'ouvrit pour laisser apparaître un bouton de rose.

N'y comprenant rien, il courut à la maison, et Sonia allait se désespérer en apprenant qu'elle n'aurait qu'un œuf pour sa journée, mais elle crut défaillir quand Pavel lui montra le joyau royal qu'il avait caché derrière son dos.

Sonia n'était pas née de la dernière rosée et sa poule n'avait certainement pas pondu ce trésor. Avait-il été déposé là par quelque lascar qui l'accuserait ensuite de vol? Car, leur fils disparu, les beaux-parents de Sonia se fichaient pas mal de leur bru et de leur petit-fils, ayant plutôt les yeux sur le hangar, qu'ils voulaient bien récupérer.

— Pavel, je t'interdis de parler de cet œuf à qui que ce soit. Tu m'as bien compris?

— Oui, mais est-ce que je peux jouer avec?

— Non. C'est peut-être un piège du diable. Il faudra que j'en parle au pope.

À l'insu de son fils, elle cacha d'abord l'œuf sous sa paillasse, et, au début de l'après-midi, l'entourant de guenilles pour le mettre au fond de son cabas, elle s'en fut voir le pope pour lui raconter la chose et lui demander conseil. Tout aussi abasourdi, il supputa à haute voix les raisons possibles de cette étrange aventure et décida de l'accompagner chez elle pour examiner les lieux.

Stupéfaction!

Pavel, blanc de peur et n'osant même pas pleurer, était ligoté dans le coin de la pièce tandis qu'un individu achevait de mettre la masure sens dessus dessous. Au bruit de la porte qui s'ouvrait, l'homme se retourna et Sonia reconnut son mari Nikolaï, sale, hirsute, amaigri. Avant même qu'elle ait pu placer un mot, il se précipita vers elle et lui infligea une gifle magistrale, suivie d'une jambette et d'une mornifle sur le menton pour le pope. S'emparant aussitôt du cabas, il y trouva ce qu'il cherchait et s'enfuit avec un cavalier qui l'attendait dans la cour.

* * *

Là s'arrête malheureusement l'histoire de Sonia, de Pavel et du pope, mais ici commence la fabuleuse histoire de l'*Œuf à la rose*, que le tsar Nicolas II offrit à son épouse Aleksandra Fedorovna, à Pâques de l'année 1895. Il est aujourd'hui exposé, avec plusieurs autres œufs de Pâques de Fabergé, au Forbes Building de la Cinquième Avenue, à New York.

Ici commence également la curieuse histoire de Mme Germaine Lacasse, de Pointe-Saint-Charles, qui regardait cette émission à la télévision, une émission qui a un peu changé sa vie.

Descendant d'un huguenot qui avait quitté la France après la révocation de l'édit de Nantes en 1685, Karl Gustavovitch Fabergé naquit à Saint-Pétersbourg, le 18 mai 1846, et fit des études en Allemagne, en Italie, en France et en Angleterre avant de se joindre à la maison de son père, joaillier lui-même. Rien n'était trop précieux pour lui. Peu à peu, il s'entoura des meilleurs artisans d'Europe, et sa maison fut bientôt reconnue comme le haut lieu de la joaillerie. Le tsar Alexandre III lui commanda un œuf de Pâques pour la tsarine en 1884, et la tradition se maintint jusqu'à la révolution d'Octobre, les œufs étant toujours plus somptueux les uns que les autres, et toujours accompagnés d'une surprise, un bouton de rose, une poule en or, un carrosse impérial, un croiseur, etc.

Non seulement la révolution d'octobre 1917 mit-elle un terme à cette tradition, mais elle signa également la fin des travaux de Fabergé, qui dut s'exiler en Suisse, où il mourut trois ans plus tard, tandis que Lénine vendait les œufs impériaux aux enchères pour arrondir les finances publiques.

61

Il semble que Nikolaï Semenovitchski ait volé l'*Œuf à la rose* avec un complice quelque temps après sa vente, et qu'il soit repassé par son ancien village pour des raisons inconnues avant de fuir vers Vienne ou l'Allemagne avec son trésor. La légende veut qu'il ait été assassiné par son complice, qui réussit à vendre l'œuf quelque part en Europe. Ensuite, on ne sait plus rien, ni des hommes ni de l'œuf, jusqu'à ce qu'il réapparaisse en 1952 et que Malcolm Forbes en fasse l'acquisition.

Fort intriguée par cette histoire des œufs de Fabergé, Mme Lacasse voulut en savoir plus long.

Veuve et ancienne institutrice qui avait pris sa retraite grâce à la rente confortable que lui avait laissée son mari, elle habitait seule dans sa petite maison, avec deux locataires au-dessus d'elle, une automobile dans le hangar, des légumes et des fleurs dans le potager, et des loisirs à ne plus savoir qu'en faire, ce qui l'amenait souvent à la succursale de la bibliothèque municipale.

Elle y pilla tout ce qu'elle put trouver sur Fabergé, et, un peu comme Lénine peut-être, elle n'admit jamais que l'or et les pierres précieuses, si joliment travaillées fussent-elles, aient préséance sur le pain dont le peuple était privé.

Le tout était d'une beauté qui l'agaçait, un agacement qu'elle n'aurait su définir, jusqu'à ce matin où elle se fit un œuf à la coque pour son petit déjeuner.

C'était un matin bien ordinaire et un œuf bien ordinaire aussi. Elle devait manger un œuf à la coque une ou deux fois par mois peut-être, sauf qu'elle n'y avait jamais prêté attention avant ce jour, et elle mit de longues minutes à le contempler, si nu, si simple, si élégant dans son coquetier en bois sculpté, joli mais rustique tout de même. Quand elle se résigna enfin à l'ouvrir avec son coupe-œuf en argent, un cadeau de sa fille, elle se mit à tremper les mouillettes dans le jaune avec une dévotion qu'elle ne se connaissait pas et ce fut ensuite une véritable jouissance de nettoyer à la petite cuillère l'intérieur de la coquille toute tapissée de blanc crémeux.

Dès lors, sa curiosité fut portée sur les œufs. Non pas ceux de Fabergé, mais les vrais.

Un livre de biologie lui donna la description la plus complète de l'œuf de poule, avec ses deux chalazes, sa chambre à air, son blanc épais et son blanc fluide, son vitellus, sa tache germinative et ses diverses membranes. Cela n'était guère intéressant, mais, quand on veut tout savoir, il faut bien niaiser un peu.

Ensuite, elle voulut savoir combien il se mangeait d'œufs au Québec, à Montréal même, et combien de poules étaient assignées à cette tâche.

À l'Union des producteurs agricoles, Yvon Gendreau lui fournit une abondante documentation et Jean-Pierre Bellegarde lui apprit que le Québec comptait trois millions vingt mille pondeuses (3 020 000) pour une production annuelle de vingt-trois douzaines et sept dixièmes chacune (23,7), soit huit cent cinquante-huit millions huit cent quatre-vingt-huit mille quatre cents œufs (858 888 400). Mais la production québécoise étant inférieure à la consommation, il fallait importer environ trente pour cent de notre production, soit deux cent cinquante-sept millions six cent soixante-six mille quatre cents œufs (257 666 400), pour une consommation totale annuelle d'un milliard cent seize millions cinq cent cinquante-quatre mille quatre cents œufs (1 116 554 400).

C'était un peu effarant. La population québécoise étant de sept millions cent trente-huit mille sept cent quatre-vingt-quinze habitants (7 138 795), Mme Lacasse ressentit quelque chagrin à l'idée que chacun ne mangeait que trois œufs par semaine. C'était là la moyenne recommandée par tous les diététiciens, mais, compte tenu de ceux qui en mangent tous les jours, Mme Lacasse pensait surtout à ceux qui n'en mangent pas ailleurs que dans les aliments tout préparés, pâtes alimentaires, pâtisseries, etc.

Elle eut un choc aussi en pensant aux poules. Pour fournir leurs trois œufs chaque semaine au million sept cent quatre-vingt-dix-neuf mille deux cent cinquante-quatre habitants de l'île de Montréal (1 799 254), il fallait neuf cent quatre-vingt-neuf mille cinq cent quatre pondeuses et soixante-neuf centièmes (989 504,69), pour être précis.

Où étaient toutes ces poules et comment vivaient-elles ?

De Jean-Pierre Bellegarde toujours, elle apprit que les pondeuses commençaient à travailler vers l'âge de dix-neuf semaines et qu'on les laissait rarement pondre plus de cinquante-deux semaines, alors qu'elles étaient condamnées à diverses industries de transformation des viandes.

Elle eut alors des visions de poulaillers immenses qu'elle avait vus en se promenant aux environs de Montréal, dans les régions de Saint-Hyacinthe, de Napierreville, de Lanaudière et de Soulanges.

Et elle se souvint des couvents où elle avait enseigné et où les élèves avaient tout de même des récréations.

Les poules, non !

Sans doute étaient-elles bien nourries, bien logées et entretenues dans une hygiène parfaite, sinon elles ne pondraient pas. Mais Mme Lacasse ne pouvait s'empêcher de prêter un peu de sa personnalité aux poules et de les trouver bien à plaindre, sachant tout de même qu'elles ne se plaignaient de rien.

Et, de la poule à l'œuf, lui revinrent de pénibles pensées : que les œufs étaient partout, dans son propre corps même, et qu'elle en avait fait des enfants ; que les œufs des poux, plus souvent appelés lentes, étaient dans les cheveux des enfants à qui elle avait enseigné, et qu'il fallait téléphoner à la famille pour signaler la chose.

Pénible devoir, se souvenait-elle.

Elle était désormais hantée par l'œuf. Tout venait de l'œuf, le poisson, l'oiseau, l'insecte, le mammifère, l'homme, les gâteaux, les crêpes, tout venait de l'œuf, et la poule elle-même !

L'individu est inconscient de l'inextricable complexité et de l'incroyable cohérence de son univers.

Mme Lacasse était en train de devenir folle à force d'y penser.

Puis elle revint à Fabergé et, modestement, se mit à colorier des œufs pour ses petits-enfants. Elle les peignait, elle les teignait, elle leur appliquait toutes sortes de postiches, cheveux, moustaches, oreilles, nez...

Pierre-Marie, le plus jeune de ses petits-enfants, lui demanda un jour pourquoi elle ne leur faisait pas plutôt des œufs en chocolat. Cette question mit un terme définitif à sa production, mais qu'elle mangeât des spaghettis, une lasagne, une crêpe, une meringue, un morceau de gâteau ou un simple biscuit, elle eut toujours des visions de poulaillers dispersés au plus beau des plus belles campagnes.

Elle en visita d'ailleurs quelques-uns pour s'assurer que sa vision des choses était conforme à la réalité. Devant cette étrange curiosité, des professionnels de la production avicole l'invitèrent également à visiter des poulaillers d'élevage et des abattoirs, mais elle s'y refusa toujours.

— J'en mourrais peut-être moi-même, avait-elle répondu.

Mais ce qui l'étonna davantage, c'était d'avoir compris si tard que le bien-être des uns vient toujours de l'exploitation des autres. Bien sûr, institutrice, elle était fort au courant des choses de la vie et, notamment, de la chaîne alimentaire, mais l'ampleur, l'ingéniosité et la complexité que l'homme y avait apportées l'avaient presque conduite au bord de la folie.

Pourtant, regardant toutes les formes qui entouraient les lieux de sa vie, meubles, vases, tissus, vêtements, elle réalisa qu'aucune forme n'était plus parfaite que l'œuf, que l'œuf était partout dans la nature et que la nature était tout entière dans l'œuf.

Elle eut un moment l'idée de garder quatre poules dans son hangar, tout comme Sonia Semenovitchski, moins dans l'espoir d'un trésor que pour le plaisir de leur compagnie, pour le plaisir de les gâter et pour le plaisir des œufs frais.

Las! les règlements municipaux l'interdisaient.

Au bout du compte, elle eut un sentiment d'impuissance totale devant l'œuf, car l'univers était dans l'œuf et l'œuf, partout dans l'univers.

S'avouant vaincue dans la compréhension, elle se résigna à la contemplation.

Elle laissa un œuf pourrir et sécher pendant six mois dans sa cave, puis le posa sur le buffet de la salle à manger, à côté d'une reproduction d'un œuf de Brancusi, *Le Commencement du monde*[1], qu'elle avait découverte dans un catalogue et qu'elle avait fait venir de Paris.

---

1. Marbre blanc, 1920.

Un dard est un dard est un dard

Un dard est un dard est un dard

— Si nous vivions ensemble me serait-il permis de te pétrir les fesses, de te lécher la vulve, de sucer tes tétins et de baiser tes yeux ?

— Tu pourrais.

— Me serait-il permis d'entrer mon doigt dans une fente quelconque, de le sentir d'abord et de te le faire sucer ensuite ?

— Tu pourrais.

— Me serait-il permis d'avoir une reproduction agrandie de tes yeux sur le mur afin d'être sûr de pouvoir les regarder à loisir lorsque, seul, je dois masturber le dard que tu adores ?

— Tu pourrais.

— Me serait-il permis d'entrer dans le coquin petit con de quelqu'une d'autre tandis que tu parcourerais le tiers monde pour sauver les âmes en détresse ?

— Jamais, mon cher garçon ! Un dard est un dard est un dard, et le tien est le mien.

A Prick Is a Prick Is a Prick[1]

— If we lived together would I be allowed to fondle your ass, to lick your cunt, to suck your tits and to kiss your eyes?
— You would.
— Would I be allowed to enter my finger into some kind of a slit, to smell it for myself and to have you suck it thereafter?
— You would.
— Would I be allowed to have a picture of your eyes blown up on the wall to be sure I can look at them at leisure when, lonely, I masturbate your beloved shaft?
— You would.
— Would I be allowed to enter the cunty little cunt of someone else while you'd be roaming the third world to salvage the lost souls?
— Never, my sweet boy! A prick is a prick is a prick, and yours is mine.

---

1. Ce titre est une parodie d'une phrase de Gertrude Stein, une riche Américaine un peu sotte qui fit sa renommée en fréquentant les Picasso et les Hemingway à Paris entre les deux guerres. La phrase célèbre est : «A rose is a rose is a rose.» J'ignore évidemment ce que cela peut vouloir dire, mais la compagne de Gertrude Stein, Alice B. Toklas, était une personne très simple et une cuisinière extraordinaire. Son unique livre de recettes éclipse tout le cafouillage de son amie.

L'omelette à la ciboulette

Omelette à la ciboulette !
Omelette à la ciboulette !
Je ne cesse de répéter ces mots qui sonnent comme un air de printemps dans ma tête, dans ma cuisine, dans mon palais, qui n'est rien de moins que royal.
Omelette à la ciboulette !
Pauline et Marc m'ont apporté de la ciboulette de Saint-Antoine-sur-Richelieu.
Deux pots.
Je ne suis pas très délicat car j'en mets partout et le parfum de cette herbe fine enfièvre mon palais, à vrai dire des tourelles jusques aux douves, sans oublier les oubliettes.
Omelette à la ciboulette !
Dans le jardin des fines herbes, la ciboulette est le premier cadeau du printemps. Celui-ci est-il hâtif, elle se hasardera parfois à jouer les perce-neige, pousses vertes dans une aréole d'herbe sèche.
Il faut bien la laisser pousser à son rythme, mais, si je m'écoutais, j'irais, le soir, tirer sur les tiges pour leur donner un élan.
Omelette à la ciboulette !
Pourquoi est-ce meilleur de grand matin ? Parce que je la surprends en même temps que le soleil ?
Le soleil qui joue d'elle comme des cordes d'une harpe.

Bonjour, bonjour, madame Ciboulette!
Viendrez-vous parfumer mon omelette?
Vous vous y sentirez dans votre assiette.
Je ne suis pas pressé. Êtes-vous prête?

Souvenir d'excursion dans la région de Mégantic, où nous allions suivre la trace du fameux hors-la-loi Donald Morrison[1]. Suzanne nous avait laissé la clé de son chalet du lac Aylmer.

À l'aube, Lise et moi étions assis sur la galerie, les pieds dans la rosée. Arrivés tard la veille, nous n'avions pas vu grand-chose des environs et nous regardions le lac, les arbres, s'éveiller en même temps que nous au soleil d'un beau samedi de juin. Après la longue pause apaisante, ce fut l'inspection méthodique des lieux, plates-bandes, arbustes, arbres, oiseaux, insectes, de-ci de-là jusqu'à la grève, sauf qu'une belle touffe de ciboulette interrompit notre investigation.

— Mangerais-tu une omelette à la ciboulette?

— Pourquoi pas?

Pourquoi pas en effet, avec le résultat que je ne fais plus jamais d'omelette à la ciboulette sans penser à Lise, à Donald Morrison et au lac Aylmer.

On ne fait pas une omelette à la ciboulette pour six personnes.

Ni même pour deux.

On en fait six ou alors on en fait deux.

Casser l'œuf dans un bol qui soit beau de préférence, et y ajouter deux cuillerées à soupe d'eau.

Non, non! pas du lait, de l'eau!

Bien battre avec la fourchette, sel et poivre inclus, et laisser reposer tandis que vous vous dirigez vers la ciboulette en répétant le poème précité, couteau ou ciseaux à la main.

---

1. Voir «Où l'on voit Augusta McIver fuir les paysages du malheur» dans *Bonjour, Charles!*, du même auteur chez le même éditeur.

Couper délicatement une belle poignée de jeunes tiges et revenir à la cuisine en remarquant qu'il fait très beau aujourd'hui.

Mettre un peu de bon beurre dans une poêle en fonte sur le feu le plus doux qui soit, le temps de hacher menue la ciboulette et de l'incorporer à l'œuf battu.

Répondre au téléphone qui vient de sonner et, comme il s'agit de moins que rien, invoquer une urgence pour raccrocher aussitôt.

Omelette à la ciboulette !

Ajouter la ciboulette à l'œuf en donnant un autre bon tour de fourchette et verser la préparation dans la poêle.

À mesure qu'elle cuit, d'aucuns relèvent les bords de l'omelette et inclinent la poêle pour que la partie liquide aille cuire à son tour.

Moi pas ! Quand les bords sont bien pris, je glisse la poêle dans un four à son plus bas degré et je laisse Madame cuire très lentement, en la laissant un peu baveuse sur le dessus, comme il sied parfois à ces dames.

Avant de la plier, comme il se doit pour toute omelette, j'y vais parfois d'un sacrilège. Oui, je lui tartine la surface avec un rien de marmelade, mais cela reste au goût de chacun.

Comme il faut répéter l'opération autant de fois qu'il y a de convives, votre bonheur sera complet si vous entendez quelqu'un dire :

— J'espère que la tienne sera aussi bonne que la mienne.

Mais cela ne se dit pas que pour les omelettes à la ciboulette.

Amour

— Je cherche une fente où je pourrais exsuder un peu de sperme.

— Savez-vous, monsieur, je crois que j'ai exactement ça. Tâtez ici avec votre doigt et dites-moi si ça convient ou pas.

— Mon doigt où?

— Sous ma jupe et dans ma culotte. Eh bien?

— De quelque façon, j'ai dû m'égarer en chemin. Quel est ce bouton que je tâtonne?

— Mon nombril, monsieur. Il vous faut chercher plus bas, bien que je n'aie aucun sujet de me plaindre.

— Et si je venais justement là?

— J'adorerais ça, monsieur, à condition que vous m'offriez une seconde occasion.

— Une seconde occasion pour quoi?

— Pour me pendre à votre crochet.

— Plusieurs autres, douce chérie. Puis-je venir?

— Venez tout du long, mon bien-aimé.

— Non, je ne le ferai pas.

— Faites, s'il vous plaît.

— Non, madame. Ce n'était que la poignée de votre porte.

— Oh! monsieur! Laissez-moi l'ouvrir toute grande!

— Puis-je entrer?

— Mon bien-aimé, pourquoi en êtes-vous jamais sorti?

Love

— I'm looking for a slit where I could spew a little sperm.

— Mind you Sir, I think I've got just that. Trust your finger here and tell me wether 'tis or not proper.

— My finger where?

— Up my skirt and down my panty. Well?

— Somehow, I've tripped on something. What's the pincushion I'm fingering?

— My bellybutton, Sir. You must search lower, although I've no subject for complaint.

— And suppose I'd spew right there?

— I'd love it, Sir, provided you gave me a second chance.

— A second chance for what?

— For me to hang on to your cock.

— Several more, sweet dear. May I come?

— Come all the way, my beloved.

— No, I won't.

— Please do.

— No, Lady. This was but the button of your door.

— Oh Man, let me swing it open!

— May I come in?

— My beloved! Why did you ever come out?

L'omelette au lard

Gabzou ne mange pas d'œufs.

Cela est clair, net et précis comme l'assiette vide qu'il a devant lui.

— Sauf dans les gâteaux et les crêpes.

Jamais d'omelette, jamais de pipérade, jamais de soufflé, quelle vie!

Tant pis, soyons menteur puisque tout n'est qu'une question de vocabulaire. Je fais ce matin le test décisif.

Pour moi, l'omelette au lard est un plat fétiche. Il me semble que je le réussis mieux que quiconque et pourtant je puis jurer que je ne l'ai presque jamais réussi à mon goût. Cela dépend-il des ingrédients, du four, des ustensiles? Je l'ignore, mais je vais procéder ce matin à la solution finale.

Couper la brique de lard «mincement». Déposer les tranches dans un grand poêlon et couvrir d'eau froide. Faire bouillir à feu vif. Égoutter dès les premiers gros bouillons. Remettre sur un feu doux et laisser les grillades se tordre de bonheur jusqu'à en être dorées.

Pendant ce temps, mettre le four à 400 °F, casser des œufs dans du lait, avec de la farine, du sel, du poivre, et leur donner une méchante rincée.

Les proportions, vous dites? Six œufs, deux cent cinquante grammes de lard salé gras, deux tasses de lait et une demi-tasse de farine. Sel et poivre à la façon de l'inventeur.

Retirer les grillades du feu, les inonder des œufs battus, porter le tout au four et regarder la merveille par le hublot.

— Viens voir, Gabzou !

— *Wow !* C'est quoi, ça ?

— Une invention personnelle !

— Comment ça s'appelle ?

— Une crêpe bouffante !

— Maman ! Maman ! Jean vient d'inventer une crêpe bouffante. Viens voir ça.

Elle est quasiment gonflée comme une toque de cuisinier, et, avec le sirop d'érable de M. Parent, elle n'est vraiment pas mal du tout, ce matin.

Gabzou en mange et en redemande.

Éclatez, coquelicots !

Éclatez, coquelicots!

Dans les champs des Flandres les coquelicots
   rougeoient
Entre les croix, rangée par rangée...
C'est ce qu'écrivit le poète John McCrae
Durant le carnage de la Première Guerre mondiale.
Mais ils imprimèrent «éclatent» à la place
Et quand je te vois reposer nue sur ton lit,
Je crois avoir les visions du poète,
Des généraux et des stratégies,
Des champs, des ponts, des tranchées et des canaux
Parce que je vois tes coquelicots éclatants et
   rougeoyants.

Blow, Poppies[1]!

"In Flanders fields the poppies glow
"Between the crosses, row on row..."
So wrote the poet John McCrae
During the First World War array.
But they printed "blow" instead,
And when I see you lying naked in bed,
I have visions of the poet's ideas,
Of generals and strategies,
Of fields, bridges, trenches and waterways
'cause I see your glowing and blowing poppies.

1. *In Flanders fields the poppies blow*
   Between the crosses, row on row
   That mark our place; and in the sky
   The larks, still bravely singing, fly
   Scarce heard amid the guns below.

Dans les champs des Flandres, les coquelicots éclatent
Entre les croix, rangée par rangée
Qui marquent notre place, et dans le ciel
Les alouettes, toujours chantant bravement, volent
À peine entendues parmi les canons dessous.

Poème de John McCrae, chirurgien militaire, écrit à Ypres, en Belgique, le 3 mai 1915.
(Traduction J.O'N.)

Les soufflés

On dit qu'il ne faut pas abuser des œufs et c'est bien triste chose.

Georges Gravel, de Château-Richer, qui essayait de me vendre sa ferme, me disait goulûment :

— T'es jamais mal pris sur une terre. Tu te casses deux œufs dans du lait, tu manges ça à ta façon avec du pain de ménage et tu vas faire ta journée, mon homme.

Une des bonnes façons est le soufflé. Sauf qu'il faut quatre œufs et un minimum de deux convives.

Les deux convives sont probablement les ingrédients essentiels du soufflé.

De même qu'une certaine intimité.

On trouvera bien rarement un soufflé au menu des restaurants, preuve qu'il s'agit d'une tendresse strictement domestique.

— Tu mangerais un soufflé avec une salade verte ?

— J'adore tes soufflés !

— Aux épinards ou au saumon ?

— Tu le sais, je ne me dompte pas. Je mange tous tes soufflés, mais c'est au fromage que tu les réussis le mieux.

Ma foi non, mais tant pis, ce sera encore au fromage.

— Le problème, chérie, c'est qu'il faudra sortir pour acheter du fromage alors qu'il pleut...

— As-tu peur de fondre ?

La symphonie de la pluie, sur le parapluie, ajoute quelques gouttes au plaisir de se dire qu'on est heureux à deux, ce qui peut également s'écrire :

> La symphonie
> De la pluie
> Sur le parapluie
> Ajoute
> Quelques gouttes
> Au plaisir
> De se dire
> Qu'on est heureux
> À deux

mais cela est un peu soufflé.

Le fromage sera un vieux cheddar.

— Oui, mais un rien de parmesan ne gâte rien.

— Gâtée toi-même.

Dès le retour à la maison, le four est allumé, à 350 °F, en demandant à la copine si elle connaît l'équivalent en Celsius, non que ce soit utile, mais pour lui occuper un peu les méninges, le temps qu'elle dise 180 °C.

Maintenant la béchamel, vieille comme le monde mais qui doit son nom à un financier de Louis XIV, Dieu sait pourquoi puisqu'il n'a rien inventé, au contraire de MM. Bottin, Guillotin et Poubelle.

Trois cuillerées à table de beurre sont mises à fondre bien doucement et on y incorpore autant de farine, avec la délicatesse d'un ustensile en bois.

Petit à petit, on y ajoute une tasse de lait. D'aucuns prétendent qu'il doit être chauffé au préalable, mais on ne s'embarrasse pas de ça quand il reste des bécots à échanger.

Épaissir à petit feu en brassant sans arrêt jusqu'à ce que l'appareil soit lisse et crémeux, puis laisser reposer.

Si le soufflé est au fromage, comme aujourd'hui, il faut l'ajouter à la béchamel, bien râpé, avec encore un peu de lait au besoin, pour lui permettre de fondre.

Mais le soufflé peut être à toutes sortes d'affaires, saumon, brocoli, épinards, maïs, déjà cuits, bien émincés, avec fromage en sus ou en moins, avec thym, origan ou sarriette en parallèle, le tout à la discrétion du cuistot et au caprice de son invitée.

Le soufflé au fromage ne pâtit jamais d'une pincée de muscade.

Et voici le moment de séparer les œufs. Les blancs et les jaunes sont fouettés à part, tout comme le fouet à bras et le fouet électrique séparent les hommes des enfants.

— Je me souviens, dit-il, du temps où, à bras, je fouettais les blancs en neige ferme.

— Tu avais le poignet !

— Chut !

Incorporer les jaunes à la préparation, toujours avec la cuillère en bois. Pour les blancs, c'est plus délicat. On en incorpore la moitié de façon intensive et l'autre moitié avec la nonchalance d'un bel adolescent.

On verse le tout dans un moule à soufflé bien beurré. J'avais oublié de préciser qu'il faut un moule à soufflé, c'est-à-dire un moule à bords droits et qui aille au four. Excusez-la !

Avec un couteau trempé dans l'eau, les «faiseux» tracent un cercle sur le soufflé, ce qui lui fera un chapeau en bout de cuisson.

Les «faiseux» ne sont pas toujours bêtes.

Le soufflé fera bien ses vingt-cinq minutes ou plus dans le four, sous le regard discret du prétendant, qui prendra en considération les desiderata de son invitée.

— Sec ou baveux ?

— Tu parles de toi ou du soufflé ?

* * *

Avec saumon, brocoli, épinards, fromage et sarriette en moins, de même qu'avec du sucre en plus, on fait également des soufflés au café, au chocolat, au Grand Marnier...

Et à l'eau de Cologne, peut-être ? Merci pour moi.

Sens-toi bien chez toi

Ces grandes lèvres qui sont tiennes
Se tortillent étrangement
Ou dirais-tu qu'elles ondulent?
Je le sens toujours sur mon gland
Quand j'introduis ma bitte
Et j'ai parfois l'impression que le visiteur
Est un peu trop grand pour le parloir,
Mais de se frotter la tête au plafond
N'est pas si vilaine sensation!

Vilaine? J'appelle ça une bénédiction
De voir la maison pleine chaque matin
Viens, s'il te plaît, et tiens-moi bien serrée
Jusqu'à ce que nous criions de toutes nos forces notre
amour.

Please Feel at Home

These big lips of yours
Have a strange twirl
Or would you call it a curl?
I always feel it on my knob
When I introduce my cob,
And I sometimes think that the visitor
Is a bit too tall for the parlor,
But to scratch one's head on the ceiling
Is not that bad a feeling.

Bad? I call it a blessing
To have full house every morning.
Please come in and hold me tight
Till we yell that we love all our might.

Les champignons

Quand J.-Léo Gagnon avait joué sa ronde de golf, il était inutile d'aller aux champignons en début de soirée. Il avait cueilli tout ce qu'il avait vu, et il voyait pas mal clair. Par bonheur, il ne jouait pas plus d'une ou deux fois par semaine et les récoltes nous suffisaient.

C'est le père Hubbard qui m'a initié aux champignons, encore qu'il n'en cueillît et mangeât qu'une seule sorte, les psalliotes, qui ont changé de nom vingt fois en cinquante ans, psalliotes boule-de-neige, psalliotes des prés, champignons de Paris, agarics, et, plus simplement, champignons de couche, car ce sont ceux que l'on achète sous cellophane au magasin du coin.

Qu'importe! Après une bonne pluie, il en poussait sur les allées du terrain de golf, ce qui faisait un peu sacrer le monde, surtout ceux qui cherchaient leur balle très loin là-bas, là-bas, qui n'y trouvaient qu'un champignon, et qui devaient reculer de cinquante mètres pour avaler leur méprise et leur déception, car ils avaient passé la tête haute devant leur bien, qu'ils avaient confondu avec un champignon.

Nous partions juste avant la brunante pour jouer quelques trous en contrebande, et le père Hubbard m'envoyait chercher dans des coins impossibles alors qu'il furetait ailleurs. En comparant nos cueillettes, je compris la tactique et le suivis de plus près, quand je ne le précédais pas. Forgeron et maquignon, il

89

s'occupait aussi des chevaux des Pépin et il avait découvert une véritable mine de champignons près de la barrière de leur pacage, à la tonne d'eau où ils venaient s'abreuver. Hélas! ils en piétinaient quasiment autant qu'il en poussait et il fallait passer vite et souvent.

Puis un Français, collègue de mon frère Georges, éducateur à Val-du-Lac, lui fit connaître les chanterelles. Georges en rapporta à la maison et je vis des aiguilles d'épinette adhérant encore au pied des tiges. À un kilomètre à la ronde, je connaissais les bois comme le fond de ma poche. Je partis aussitôt avec un panier que je remplissais en moins d'une heure.

Les chanterelles auront été un des bonheurs de ma vie. Belles à découvrir comme des farfadets orangés qui font des rondes dans les sous-bois, toujours propres et fermes, et combien délicieuses! À l'île aux Grues, j'en ai cueilli des caisses. Idem dans les arrière-rangs de la Côte-du-Sud, entre Saint-Onésime et Sainte-Louise. Et la bonté de ces champignons! Simplement sautés au beurre avec une échalote hachée ou de la ciboulette sur une rôtie! Avec des rognons de veau grillés et flambés au gin! En brioche avec des lépiotes et des pleurotes!

Mais voilà que je tombe en des domaines inconnus pour bien du monde. J'ai fait comme tout mycologue: j'ai acheté des livres et j'ai appris. Bien peu de champignons sont dangereux ou mortels. Ceux-là, il faut les connaître parfaitement. Des tas de champignons sont parfaitement inoffensifs et insipides. C'est comme le foin des pâturages; on peut en manger tant qu'on en veut si on trouve que ça goûte les épinards! Mais les très bons se comptent sur les vingt doigts d'un couple d'amoureux qui les cueillent ensemble. Morilles, lépiotes, faux mousserons, chanterelles, psalliotes, pleurotes, polypores des brebis, clavaires, coprins chevelus, cèpes, craterelles, pézizes, gyromitres, quelques russules, quelques lactaires, et, bien sûr, l'amanite des Césars ou oronge vraie, et l'amanite rougissante. Mais ces deux dernières sont de la famille des poisons mortels, et la distinction entre le bien et le mal doit être, ici comme en tant d'autres domaines, laissée à des casuistes patentés.

Tiens, une anecdote. Jean-Yves, qui habitait Boucherville, voulait savoir comment se débarrasser des champignons qui encombraient sa pelouse. J'allai voir. Elle était couverte de coprins chevelus. Je cueillis les plus frais, piétinai les plus gatés, et répondis simplement : «Tu vois comme c'est facile, Jean-Yves. Tu les cueilles et tu me les apportes, ou encore tu me téléphones.»

Nul aliment, à l'exception des fruits, peut-être, n'apporte aussi intégralement sur la table l'odeur et la saveur de son milieu. Une carotte goûte la carotte et non le potager. Les psalliotes goûtent les champs; les chanterelles et les cèpes goûtent et sentent la forêt. La morille goûte la rareté, l'unique.

Maudite morille!

Le meilleur cueilleur que je connaisse est Marcel Bouchard, de *L'Auberge des 21*, à La Baie. Le salaud! Il m'en avait montré un plein sac d'épicerie, parfaitement lyophilisées, et il en avait d'autres, des sacs, cachés dans la cuisine de l'auberge.

Le soir, il avait servi un feuilleté aux morilles.

Je dis bien «le salaud»!

Le meilleur cuisinier aussi, à moins que ce ne soit moi. Les miennes étaient tellement délicates que je les avais à peine fait sauter dans un rien de bon beurre d'habitant pour les déposer sur une très mince rôtie de pain de ménage.

C'était la première fois de ma vie que j'en avais trouvé, et la première fois aussi que j'en mangeais. Le goût était super et indéfinissable. Je dirais un goût de poisson, de vase et de violette. Et même si cela n'avait rien goûté, la simple découverte de quelques morilles, avec la réputation qu'elles ont dans l'histoire de la gastronomie, oui, le simple prononcé de leur nom suffisait à créer un événement mémorable, de même qu'un plat à nul autre pareil.

— Oh! pour déjeuner, peu de choses... J'ai mangé des morilles, dit-il d'un air détaché, en mâchant son cure-dent au cas où il en aurait conservé quelque parfum.

Mais où et quand trouver des morilles?

«Quand», c'est simple, c'est au printemps. Après la Saint-Jean-Baptiste, il ne faut plus y penser, sauf à Radisson, peut-être.

«Où», c'est pire que le secret de la bombe thermo-nucléaire.

Mon frère Louis m'étonne :

— Je tondais la pelouse devant la maison quand je les ai vues sous la grosse épinette. J'ai arrêté juste à temps. J'ai tout sacré là et je suis allé me faire des œufs brouillés aux morilles.

Janouk me raconte :

— C'était quand on restait à Château-d'Eau, près de Loretteville. Crois-moi, crois-moi pas, un matin je regarde par la fenêtre du salon et je te pousse un de ces «whack». Il y avait des morilles sur la pelouse dessous l'épinette!

Adèle me disait qu'elle en trouvait sous les pommiers dans les vergers de Saint-Hilaire.

Et pour Suzanne, c'était sur le bord de la route, à Saint-Tite-des-Caps.

À l'île aux Grues, il y en avait parfois, grosses comme des pommes, dans les sous-sols en terre battue, inondés alternativement par la fonte des neiges et la marée haute, mais asséchés ou presque par un usage judicieux de la bonde de vidange.

Assez curieusement, j'ai trouvé mes seules morilles parmi de hautes herbes visitées par les hautes mers de mai en Charlevoix.

Pour Marcel Bouchard, c'était sous les peupliers — qui d'autre m'a dit la même chose, mais en précisant qu'il s'agissait de «peupliers baumiers»? —, et «il faut que la terre ait été un peu remuée, dérangée, comme par des travaux de voirie l'automne d'avant, par exemple, le long d'un chemin tranquille».

Et, assis calmement à la table où il nous offrait les feuilletés, Marcel balançait dans un sac sur sa cuisse l'énorme preuve de son argument.

Est-ce seulement leur rareté qui fait leur charme? Décrire la morille, c'est la trahir. Elle est vide. C'est une carapace conique alvéolée, brunâtre, grisâtre, quelconque, sur un pied également creux. Cela pourrait ressembler à un pénis scrofuleux, mais je le dis à tout hasard, n'en ayant jamais vu.

À propos, la morille est proche parente du *phallus impudicus*, un champignon dégueulasse et puant que nous appelions «pipi de chien» quand nous le trouvions sur les gazons de notre enfance. Et personne n'eut jamais envie de le mêler à des œufs brouillés.

La morille est une déesse. Elle se fait rare et subtile. Elle se pique d'être la délicatesse de la terre dans la grossièreté de son environnement, et elle fait cela avec une autorité gênante. On ne peut passer à côté d'une morille sans la voir. Si petite soit-elle, elle s'impose. Elle proclame humblement qu'elle n'appartient pas à son milieu.

— Mon royaume n'est pas de ce monde, dit-elle.

C'est pourquoi les connaisseurs la cueillent et s'empressent de lui offrir un palais digne de ses attributs.

La lyophilisation est un processus de déshydratation qui conserve tout le goût de sa victime. Le café, par exemple. Pour ce, il faut avoir un parent ou un ami universitaire qui ait accès à un laboratoire, à moins qu'on ne soit acoquiné directement avec les caïds de la Colombie ou de Java. L'autre façon, c'est de poser les chères victimes sur un papier journal, dans le four électrique entrouvert, à 150 °F, avant de faire dodo, et de les ensacher au réveil pour faire baver les touristes de passage en temps et lieu.

Autrement, on peut les manger fraîches sans moindrement regretter l'excursion, sans moindrement oublier la surprise, sans moindrement gâter le plaisir.

Alouette[1] !

---

1. La version anglaise me semble parfaitement intraduisible.

Alouette !

Alouette !
Gentille alouette !
Alouette,
Je t'y ploumerai !

Je t'y ploumerai le cli !
Tu m'y ploumeras le cli !
Et le cli !
C'est à qui ?
Et le to !
C'est bientôt ?
Et tu ris ?
Non, je crie !
Alouette !

Alouette !
Gentille alouette !
Je t'y ploumerai le clitoris !

Les petits radis

Célébrons ici la gloire des petits radis, cueillis à l'aube en regardant passer les autos, le train ou les bateaux qui s'activent vers ailleurs alors que l'on s'active vers l'intérieur.

Les poules caquètent derrière la claire-voie du jardin et il n'est pas interdit de leur dire bonjour.

Avant d'entrer dans la maison, mieux vaut ramasser le râteau oublié par Jean-Luc près de l'escalier et le ranger au hangar avant qu'un quidam s'envoie le manche dans le front en marchant sur les dents.

Les radis, maintenant.

J'ai déjà dit que la ciboulette est le premier cadeau du printemps au jardin des fines herbes, car elle est vivace et n'a pas besoin d'être semée de nouveau chaque printemps.

Au potager lui-même, ce sont les annuelles qui prévalent. On peut les semer dans la maison en mars, dans des boîtes qu'on accroche aux fenêtres. Les anciens ne manquaient jamais de semer leurs tomates à la Saint-Joseph, le 19 mars, même si elles ne pouvaient généralement pas être transplantées en pleine terre avant le 15 ou le 21 mai. L'industrie horticole a bousillé ces usages avec un véritable bonheur pour les jardiniers du dimanche que nous sommes, pour la plupart.

Mais l'industrie horticole n'a rien changé au petit radis, cette perle rare qu'il faut semer de nouveau chaque année dès que la terre est friable et que le danger de gel recule vers le nord. C'est habituellement la première semence et la première récolte, car le radis ne perd pas son temps, et qui veut en manger tout l'été doit en semer tout l'été.

Ses premières feuilles sont le premier sourire du jardinier, et la petite racine globuleuse, rouge, blanche ou rosée, se prête à la consommation dans les dix jours qui suivent.

D'aucuns les mangent à la croque au sel, comme mon frère Louis, qui fait ses mots croisés devant un grand bol de radis baignant dans l'eau glacée, une planche bien garnie de sel à sa gauche, les dictionnaires et les atlas à sa droite.

Je les préfère au beurre, et Yolande m'a appris la suprême élégance en cette matière. Les radis bien lavés à grande eau froide, on les effeuille délicatement jusqu'à ce qu'il n'en reste qu'une feuille, généralement la plus petite, la plus délicate et la plus tendre. La plus jeune, quoi! On coupe le bout de racine inutile et l'on met les radis debout dans un ravier peu profond avec de l'eau et quelques glaçons. Cela fait déjà un joli bouquet pour orner la table. La baguette de pain croûté et le beurre non salé invitent au reste de l'histoire. On prend un rien de beurre avec son couteau, on en coiffe le radis, on croque, on recommence, on continue et l'on se dit que la douceur du printemps a des amertumes également savoureuses.

D'aucuns les confisent. On m'en a servi dans le Bas-du-Fleuve et, sans que ce soit mauvais, j'ai dû demander ce que c'était, tant la texture était molle et le goût imprécis. Cela m'a rappelé un dicton que je croyais être de moi mais qui semble être universel : «Pourquoi se compliquer la vie à simplifier les choses quand il est si simple de les compliquer?» Au Saguenay, on dit plus concisément : «Pourquoi faire simple quand on peut faire compliqué?»

Mais attention aux fanes!

Elles sont aussi précieuses que les radis eux-mêmes et ce serait un péché de les jeter quand elles sont bien fraîches. On les rince, on leur coupe le pétiole au besoin et on les laisse de côté tandis qu'on fait blondir un oignon haché dans une marmite. On y ajoute ensuite une ou deux pommes de terre coupées en dés et, au pire, de l'eau pour les couvrir. Au mieux, du bouillon de poulet. Quand les pommes de terre sont cuites, on jette les fanes dans la marmite, où elles se désâment en mijotant. On laisse refroidir, on passe le tout au malaxeur et on remet sur un feu léger avec de la crème ou un œuf battu dans du lait.

C'est un «pelou», mot que j'avais trouvé dans un livre de Robert-J. Courtine, et que je n'ai jamais retrouvé. Il s'agit évidemment d'une variation sur le thème de la vichyssoise, qui utilise le poireau plutôt que le radis, et dont on ne retrouve pas davantage le nom dans les dictionnaires et les livres de recettes français, en souvenir du gouvernement de Vichy, peut-être.

Le «pelou» se mange chaud ou froid, et le premier cadeau du potager exige toujours un échantillon du premier cadeau venu du jardin des fines herbes, une bonne poignée de ciboulette hachée. L'assaisonnement comprend évidemment du sel, du poivre et — surprise! — une pincée de muscade.

Les croûtons sont facultatifs.

Quant aux petits radis, ils accompagnent merveilleusement tous les hors-d'œuvre ainsi que les viandes froides, jambon, langue, rôti de porc, volaille.

Tranchés sur un lit de laitue et arrosés d'une douce vinaigrette saupoudrée de cerfeuil, ils propulsent au septième ciel.

Si petits, si simples, si mignons et si bons.

Le foie aussi les adore.

Remémoration

À la bonne tienne, Edward!
Nous pensions que tu étais fou
Quand tu vagabondais
En chantant sur Paulette
Et en criant aux nuages :
«Mets ta bedaine contre la mienne
«Et frétille du cul.»
Mais parfois je trouve que tu chantais juste
Comme les âmes saintes
Qui n'ont pas de cadenas sur le zizi.

Remembrance

And here's to you, Edward!
We thought you were crazy
When you went about
Singing of Paulette
And shouting to the clouds :
"Put your belly on my belly
"And wiggle your bum."
But, at times, I think you were right on,
Like all saintly souls
Who don't wear a lock on their *zizi*.

Manger, fêter

On tuait le cochon à l'Immaculée-Conception, le 8 décembre.

J'ai toujours adoré cette offrande symbolique. Très symbolique, car, en moi, le cochon n'est jamais moins mort qu'en hiver.

Sauf au mois de mai, peut-être.

Donc, on tuait le cochon en décembre et, dans la mesure du possible, toute la famille participait à la boucherie car il ne fallait rien perdre. Un dicton précisait même que, là où on savait faire, on n'en perdait que le cri.

Ensuite, on passait l'hiver à manger le cochon.

Les diététiciens nous en voudront sûrement de rappeler à quel point le cochon est bon. Il sent bon. Il goûte bon.

Il est jambon !

On tuait le cochon en décembre et on le pendait haut et court dans le hangar. L'arrivée du congélateur a changé cette pratique et d'ailleurs cet événement traditionnel a quasiment disparu, encore que certains professionnels qui ont des propriétés à la campagne aiment bien inviter des amis pour ressusciter cette fête.

Cela ne se fait probablement pas plus chez vous que chez moi, mais, en passant au marché, rien n'interdit de se laisser tenter par du boudin bien frais, qui grillera tranquillement avec des rondelles d'oignons et des quartiers de pommes, et qui emplira la maison de son parfum avant de remplir les assiettes, avec des pommes de terre mousseuses et, obligatoire, une ligne de moutarde de Dijon.

Miam! Miam!

Il faut également mettre la main sur un bon kilo de porc haché, l'emporter à la maison, le déposer dans une casserole, lui ajouter, haché lui aussi, un beau gros oignon, du pain, du lait, du sel et du poivre. La sauge ne gâte rien. La sarriette non plus. Et l'on met cela à feu aussi doux que sa blonde ou son *chum*, à qui on peut téléphoner tout le temps que cela devra mijoter.

Quand la blonde ou le *chum* est tanné, les cretons sont prêts.

Seul ou avec l'autre, on les mange sur une biscotte, avec un rien de concombres en marinades, ceux que Pierre a apportés l'automne dernier parce qu'il ne savait plus qu'en faire.

Surtout qu'en février et en mars, pour les longues excursions en forêt ou en montagne, les cretons font très bien dans le menu du sac à dos.

J'ai également un faible pour la tête en fromage, la hure, mais c'est un peu plus long à expliquer et tout le monde n'aime pas cela. Mais personne n'ignore, j'espère, les vertus d'un solide ragoût de boulettes, avec du poulet dedans, lorsqu'on rentre du froid à la chaleur de la maison.

Et le rôti piqué d'ail! Et le jambon! Je garde un souvenir ému des longues marches dans la neige après que nous eûmes chanté tous les *Kyrie*, *Gloria*, *Credo*, *Sanctus* et *Agnus Dei* au jubé de l'église. D'une semaine à l'autre, en alternance, un jambon ou un rôti nous attendait sur la table de la maison.

Miam! Miam!

Dans mon esprit, le porc est surtout un mets d'hiver pour ceux qui travaillent fort à l'extérieur et qui ont besoin de calories.

On sait la place qu'il occupait sur la table des chantiers, sous forme de pâtés, de ragoûts, dans la soupe aux pois, dans l'omelette et dans les fèves au lard. J'ignore s'il en est encore ainsi mais je sais qu'une majorité de gens travaille désormais à l'intérieur. Or, ce ne sont pas là des menus pour ceux qui font du métro-boulot-dodo.

Je sais aussi qu'une majorité grandissante de gens profite de l'hiver pour aller jouer dehors. Pêcher sur la glace, faire des excursions en skis ou en raquettes, du ski alpin, de la moto-neige, escalader des parois de glace, patiner et jouer au hockey sur les patinoires en plein air, etc.

Or, je ne nie pas qu'après un après-midi de ski une fondue soit bien agréable à partager avec la famille ou les amis. Mais je ne nie pas non plus l'attrait d'une bonne soupe aux pois qui a mijoté avec un os de jambon.

Et pour le brunch du dimanche, l'omelette au lard et la jarre de «bines» ajoutent du nerf aux mollets de ceux qui vont marcher dans la neige.

Manger!

Et fêter, aussi, dans les carnavals, qui signifient litté-ralement «avaler de la viande». Cela se passe également dehors, souvent dans les grands froids, avec une dépense accrue d'énergie dans les diverses compétitions.

Le cochon est un souffre-douleur et un porte-bonheur. Il a souvent été nourri d'ordures et d'injures toute sa vie durant et nous le dévorons en nous réjouissant. Ses protéines deviendront les nôtres. Et ses glucides aussi.

Et c'est avec lui que nous passerons la montagne, avec un peu beaucoup de l'énergie qu'il faut pour traverser la sévérité et les rigueurs de l'hiver.

Le temps du poisson reviendra bien assez vite.

Le cochon est mon frère.

— En conviens-tu, ma sœur?

— Oui, car le cochon, c'est toi!

«Too, itou, itou»

Je ne ferai plus l'amour
Avec personne d'autre que toi
Et, s'il te plaît, ne meurs pas trop tôt
Ou laisse-moi mourir itou.

Je deviens toute mouillée rien qu'à penser à toi,
Et quand tu n'étais pas là pour éponger
Je devais me contenter d'un chiffon
Était-ce comme ça pour toi itou ?

Dura lex sed lex!
Ébattons-nous dans les plaisirs du sexe
Et je ne te dirai pas comment bien tu baises
À moins que tu ne reconnaisses mon gigotement itou.

«Too, Itou, Itou»

I will have sex no more
With anyone but you,
And please don't die too soon,
Or let me die "itou".

I get all wet just thinking of you,
And when you weren't there to wipe it out,
I had to reach out for a clout.
Was it the same for you "itou"?

Dura lex sed lex[1]!
Let us revel in the pleasures of sex
And I won't tell you how good you can screw
Unless you acknowledge my wiggling "itou".

---

1. «La loi est dure mais c'est la loi.» (Proverbe latin.)

Le ragoût

Il faut admettre une évidence au préalable : à l'époque du fast-food, le ragoût de pattes de porc, de boulettes et de poulet est un dinosaure.

Redeviendra-t-il, un jour, aussi recherché que les dinosaures le sont aujourd'hui? Un musée de Chicago vient de payer huit millions de dollars pour le fossile de Suzy, un dinosaure à peu près complet, trouvé dans les déserts de l'Ouest américain.

À quand pareille somme pour le ragoût?

Ce n'est pas qu'il soit coûteux, mais le temps qu'il faut pour le préparer!

Cela commence par une idée saugrenue quand vous voyez des jarrets de porc à prix spécial chez votre boucher.

— Tiens, il y a bien longtemps que j'ai fait du ragoût de pattes.

Il faut acheter «au cas où», mettre la chose au congélateur et l'oublier ensuite pendant quelques semaines ou quelques mois, jusqu'à ce que des jarrets de porc vous sautent en pleine face au supermarché, alors que vous étiez allé chercher un sac de café.

— C'est déjà l'automne, je devrais peut-être...

Et envoye par là pour les jarrets de porc, qui retrouvent ainsi des amis au congélateur.

Octobre s'achève dans une pluie de feuilles mortes, et le père Noël commence déjà à vous narguer avec ses sourires aux vitrines des magasins et dans l'amas de cochonneries que le postier de la reine laisse à votre porte.

— Peut-être que je devrais commencer tout de suite. Les fêtes s'en viennent vite !

Les recettes varient avec les familles, et, au hasard de mes errances, après avoir goûté à celui de ma mère, à Sherbrooke, à celui de M. Charest, à Granby, à celui de ma tante Tony et à celui de papa Jos, à Québec, à celui de Mlle Dutil, à Chicoutimi, à celui de Lucien Gauvin, à Trois-Pistoles, à celui de Mme Perron, à Cap-aux-Oies, ainsi qu'à deux ou trois supercheries du genre à Montréal même, j'en suis venu à la solution finale, ultime, inaltérable et définitive, qui est évidemment la mienne, mais que je partage de grand cœur, car, au lieu de me donner la peine de le faire moi-même, j'adorerais être invité là où on me le servirait à ma façon.

Il faut d'abord laisser décongeler les jarrets de porc accumulés au fil des semaines et des mois. Cela se fait au réfrigérateur, de préférence, pendant vingt-quatre heures au besoin, afin que la viande absorbe ses propres jus, au lieu de se déshydrater.

Il est un peu tard pour le dire, mais on aura pris soin d'acheter des tranches de jarret d'au moins cinq centimètres d'épaisseur, sinon on ne fait plus dans le ragoût mais bien dans le hachis.

Pendant ces vingt-quatre heures, on court acheter de la viande de porc et de veau hachée. Pour huit rondelles de jarret, un demi-kilo de chaque viande devrait suffire. Du même coup, on achète un poulet, ni trop petit ni trop gros.

Il est ici question d'un repas pour six ou huit personnes tout au plus. Si l'on désire recevoir la parenté, il faut mettre ces denrées à l'exposant smala.

Le poulet sera découpé en morceaux et mis à mijoter avec un oignon piqué de clous de girofle, une ou deux carottes, un

110

morceau de rutabaga, un peu de chou si l'on veut, bref, avec toutes les bonnes affaires qui font un bouillon solide, comme la sarriette, le persil et la coriandre, par exemple. Ensuite, on peut l'oublier sur le feu le plus bas, car l'énergie doit se transporter ailleurs.

Dans un bon sac, en plastique de préférence, on jette une cuillerée à soupe de gros sel, une cuillerée à thé de poivre, deux cuillerées à thé de cannelle, une demi-cuillerée à thé de girofle moulu et une demi-cuillerée à thé de muscade. On dépose les jarrets dans ce sac, qu'on ferme à deux mains et qu'on «escoue» de tous bords et de tous côtés comme s'il s'agissait de bien mêler les billets de la loterie paroissiale.

Espérons que vous avez une grande marmite. Si c'est le grand chaudron de fer, il a droit aujourd'hui à l'une de ses plus importantes sorties de l'année. J'avoue lui préférer une grande marmite en fonte émaillée, mais cela m'oblige à l'emprunter à ma voisine, et les circonstances sociales ne s'y prêtent pas toujours.

Dans trois cuillerées à soupe de margarine ou de saindoux, on fait dorer deux oignons moyens, grossièrement hachés, et on les retire aussitôt pour faire place aux jarrets. Ils doivent avoir absorbé toutes les aimables poussières du sac, sinon il faut agiter encore.

Déposer les morceaux dans le fond de la marmite et les faire brunir comme il faut. Si le fond de la marmite ne prend pas tous les morceaux, on retire ceux qui sont dorés à point et l'on s'y reprend une seconde fois avec les autres. Quand toute la viande est bien brunie, on la couvre d'eau, on l'amène à ébullition et l'on diminue le feu pour laisser mijoter jusqu'à tendreté de la viande, une couple d'heures au moins.

Cela laisse tout le temps pour les boulettes, et elles en ont grand besoin. Le robot culinaire s'avère ici indispensable. À défaut, c'est le couteau et les mains, encore, souvent et long-temps. On commence par émincer un bon oignon. Dans un grand bol, on met les deux viandes avec une poignée de persil haché, une demi-cuillerée à thé de gingembre, une cuillerée à thé de cannelle, de moutarde et de girofle moulu, trois tranches de pain frais déchirées à la main, une tasse de lait, du sel, du poivre et l'oignon émincé. On commence par travailler le tout à la cuillère de bois et on passe ensuite le mélange au robot culinaire par petites mottes, jusqu'à belle homogénéité. Les mottes sont déposées une par une dans un second bol, et quand c'est fini on recommence. Quand toute la viande y est passée deux fois, on en fait une belle grosse boule et le gros du travail est devant soi, car il faut réduire la grosse boule en petites boules dans le creux de ses mains.

Je ne connais pas d'ustensile pouvant faire frire toutes ces boulettes en même temps, et il faut recourir à une troisième marmite. De la margarine ou du saindoux encore, et l'on couvre encore le fond de boulettes que l'on retourne jusqu'à ce qu'elles soient bien dorées sur toute leur surface. On enlève ces boulettes et on recommence avec les suivantes. Quand toutes sont dorées, on les remet ensemble dans la marmite et l'on couvre d'eau. Encore un bouillon fort et ensuite on laisse mijoter le temps qu'il faut, une petite demi-heure habituellement. La meilleure façon de juger de la cuisson, c'est de goûter.

Pattes, boulettes et poulet sont cuits, et tandis que l'on met à brunir au four (180 °C ou 350 °F) une tasse de farine bien étalée dans une tôle à pizza, par exemple, Hamlet entre en scène avec la plus angoissante des questions existentielles.

Désosser ou ne pas désosser, voilà la question.
Est-il plus noble de manger des viandes sans problème,
Sans se méfier de l'os perfide et rebelle,
Ou de sucer des os gélatineux, succulents,
Qui vous collent aux doigts
Et peuvent vous étouffer sans avertissement ?
Manger sans inquiétude, causer finement,
Ou bâfrer comme un carnivore, enchanté

112

Par les jus et les sucs qui le gavent
Des lèvres au palais, et jusqu'à la luette,
Mais devant le spectacle des autres,
Qui font de même et qui vous montrent
De quoi vous avez l'air
Quand vous mangez du porc comme un porc.

Il n'y a pas de réponse dans le *Hamlet* de Shakespeare, et il n'y en pas ici non plus. Ma tante Tony laissait la peau et les os des jarrets. Elle mangeait de petits bouts de peau à l'occasion et elle suçait les os avec une élégance de noblesse disparue.

Le problème, c'est que j'ai vu pire ailleurs.

Alors je désosse ou ne désosse pas selon la connaissance que j'ai de mes convives. Pour une table nombreuse, désosser est la meilleure solution, sinon il faut prévoir un récipient pour les dépouilles opimes, qui ne sont pas le plus appétissant de l'aventure.

Mais nous n'en sommes pas encore à la table.

Il faut maintenant réunir toutes les viandes dans une seule marmite et les jus de cuisson dans une autre. Bien grillée au bout de vingt ou trente minutes, la farine brune viendra épaissir la sauce jusqu'à consistance onctueuse.

C'est le moment — enfin! — de réunir le tout dans une seule marmite où on laissera mijoter les saveurs très gentiment pour qu'elles s'adaptent bien les unes aux autres.

On peut servir en déposant carrément la marmite sur la table ou en transférant le tout dans une grande soupière, à moins qu'on ne préfère servir les assiettes individuellement à partir de la cuisine.

L'accompagnement obligatoire est la pomme de terre bouillie, que les convives aiment généralement piler dans la sauce avec leur fourchette, bien que j'en aie mangé avec du riz basmati et que j'aie apprécié la variante.

C'est également le moment d'aller chercher, dans l'armoire fraîche, les marinades de cornichons à l'aneth, de betteraves au carvi et de pommettes à la cannelle et au girofle.

Ouf! C'est un job que vous n'oublierez pas de sitôt et que vous ne voudrez plus jamais entreprendre de nouveau. Mais, au fil des ans, vous entendrez parfois : «Te souviens-tu du ragoût...?», et si vous passez par hasard devant des jarrets de porc, chez votre boucher, il y a des chances pour que...

Noël

Noël[1]

Grande baiseuse !
Douce baiseuse !
Tu m'apportes l'extase.
Si bien bandé j'entre chez toi
Que ta chatte pleure d'émoi.
Chère baiseuse !
Oh ! ma baiseuse !
Mon amour se verse en toi !

---

1. Sur l'air de *Mon beau sapin*.

Christmas Carol[1]

Oh great Fuckee!
Oh sweet Fuckee!
Heavenly bliss thou bringst me.
My cock so taut glides into you
Through a pussy that's all «amew».
Oh dear Fuckee!
Oh my Fuckee!
I spew my love into you!

---

1. Sur l'air de *O Tannenbaum*.

La sauce «à 'poche»

J'avais vingt et un ans et j'étais jeune journaliste à Granby.

Au départ de la maison familiale, j'avais emprunté dix dollars à ma mère, et je les lui avais remis quatorze jours plus tard.

J'étais pauvre comme on ne peut l'être davantage, mais riche comme on ne le peut pas non plus, car je ne devais rien à quiconque, sinon au soleil et à la pluie.

Je trouvai à me loger dans une chambre chez M. Rosaire Pincince, et son beau-père, M. Rosaire Charest, offrait les repas à trois rues de là.

Des gens merveilleux.

M. Charest avait été cuisinier dans les chantiers forestiers des Cantons-de-l'Est, et notamment à East Hereford, qu'il appelait Barford.

Gros, grand, jovial, retenu, c'était un homme magnifique et je l'aimais beaucoup. Une série d'hernies dont il m'épargna les détails l'avaient contraint à des interventions chirurgicales multiples qui ne lui avaient guère laissé d'autre possibilité que la retraite.

Il cuisinait comme un ange, lui si gros, si balourd, si éclopé, et il était toujours tout sourire.

Je le revois encore faire des tartes et des pâtés, pétrissant la pâte à pleines mains en me racontant les souvenirs de sa vie dans les chantiers.

119

— Tu comprends ben, on pouvait pas garder la farine sur le plancher de la cuisine, à cause des mulots, des souris et des rats, à cause des fourmis et à cause de tout. Alors, on prenait la poche de farine, on lui faisait une entaille dans un des coins du bas et on la refermait aussitôt avec un bon nœud. Puis on accrochait la poche à une solive du plafond. Quand on avait besoin de farine pour faire une sauce, blanche ou brune, on défaisait le nœud, on donnait un petit coup sur la poche en tendant le chaudron en dessous du trou, et on se dépêchait de refermer le tout.

»Dans une cuisine de chantier, c'était pas comme dans un hôtel. Tout le monde nous voyait faire, et tout le monde voyait la poche de farine suspendue au milieu de la cuisine. Alors, quand les gars rentraient du bois et nous regardaient travailler, ils disaient toujours : «Tiens, on va encore manger de la sauce "à 'poche !"»

J'ai quitté Granby et M. Charest, mais je garde un souvenir indélébile de son humble demeure, avec prélart et chaufferette à huile, de son épouse affectueuse et silencieuse, de leur chambreur dont j'ai oublié le nom mais qui était guitariste dans un orchestre local et qui nous chantait à l'occasion :

Hang down your head, Tom Dooley,
Hang down your head and cry,
Hang down your head, Tom Dooley,
Poor boy, you're bound to die.

C'est ainsi que la sauce «à 'poche» est entrée dans ma vie, et ce n'était qu'une anecdote personnelle jusqu'à ce que j'apprenne que la sauce «à 'poche» était également connue au Saguenay, au Lac-Saint-Jean, au Témiscouata, et partout dans les arrière-pays qui ont construit ce que nous sommes.

Il me semble que la poche suspendue à une solive de chantier pourrait devenir un drapeau, un symbole de notre endurance, de notre continuité, de notre ingéniosité face aux rongeurs.

Il n'y a évidemment pas de recette pour la sauce «à 'poche».

La farine vient simplement lier tout ce que l'on peut inventer de bon.

Avec le rire et le sourire de M. Charest, si possible.

Sur l'oreiller

Nous nous reposons, Dieu merci, nous nous reposons !
Passe ton bras autour de mes seins
Et serre mon mamelon avec ton doigt.
Maintenant, ne bouge plus et apprécie
Combien précieux et silencieux,
Combien délicieux peut être ce moment.
Mais si tu préfères l'éternité
Tu ferais mieux de t'en prendre à mon velouté.

Pillow Talk

We rest, thank God, we rest!
Put your arm around my brest
And press my tit with your finger.
Now, stand still and wonder
How precious and silent,
How luscious can be the moment.
But if you care for eternity,
You better reach for my pussy.

Rosa Bonheur et le steak

Je ne suis pas un grand amateur de steak. Pour moi, c'est là une affaire de restaurant bien équipé, avec hotte et charbon de bois, pour un produit saisi, brûlé et saignant tout à la fois. Comme chez *Moishe's*, où je vais avec Vincent une fois tous les deux ou trois ans.

Et je ne pense jamais à «steak» sans penser à Rosa Bonheur, peintre, chevalier et première femme grand-croix de la Légion d'honneur de France, amie de l'impératrice Eugénie comme de la reine Victoria, idole de Buffalo Bill, une des plus prestigieuses féministes du siècle dernier, à côté des Rosa Luxembourg, Louise Michel, Flora Tristan et George Sand.

Je veux restaurer la réputation de Rosa Bonheur pour de multiples raisons.

D'abord, la pauvre femme eut le malheur de faire dans les arts-z-artistiques plutôt que dans les lettres ou dans les revendications sociales, avec le résultat que les dictionnaires l'ont purement et simplement bannie de leurs pages.

Maurice Grevisse, lui, ne l'a pas oubliée. Dans *Le Bon Usage*[1], à l'article 269 sur les noms employés par métonymie, il cite «un *Rosa Bonheur* (un *tableau* de Rosa Bonheur)».

---

1. Maurice Grevisse, *Le Bon Usage*, grammaire française avec des remarques sur la langue française d'aujourd'hui, dixième édition, J. Duculot, S.A., Gembloux (Belgique), 1975.

Les encyclopédies la retiennent encore, mais c'est dans les livres d'histoire de l'art qu'elle prend toute sa place, une place si importante qu'elle a eu droit à son monument, à Fontaine-bleau, sculpté par son frère...

Née à Bordeaux en 1822 d'un père peintre, elle atteignit la gloire en pleine campagne à l'âge de 26 ans avec sa toile *Labourage nivernais*, actuellement au musée de Fontainebleau, mais que j'ai pu admirer au Louvre il y a bien longtemps, un jour où, pour pouvoir manger sans devoir sortir et payer une nouvelle entrée, je m'étais caché derrière un sphynx pour avaler un sandwich au pâté et à la laitue. Je l'ai retrouvée au Metropolitan Museum de New York quelques années plus tard, avec *Le Marché aux chevaux*, à une époque où j'avais enfin les moyens de manger ailleurs que dans les musées. Et elle est morte en 1899, dépassant de deux longueurs de crinoline la plupart des peintres et des féministes de son époque.

Grande dame comblée d'honneurs — sur ses portraits, je lui trouve une ressemblance avec Thérèse Casgrain —, Rosa Bonheur fut également la cible de toutes les haines et de toutes les médisances. Quand vous admirez la montée des impres-sionnistes, des cubistes et des fauves, dites-vous bien que vous assistez aussi à la condamnation de celle qui fut pourtant le plus grand peintre animalier de son siècle, et probablement la plus grande femme de toute l'histoire de la peinture.

Les Manet, Monet, Degas et autres ne lui pardonnaient tout simplement pas de vendre ses toiles comme des bonbons à la cour d'Angleterre et chez les nouveaux riches d'Amérique. On en vint même — ô méchanceté! — à l'identifier aux vaches qu'elle aimait tant peindre. Gauguin lui-même, pourtant petit-fils de Flora Tristan, et qui aurait pu avoir pour elle les égards dus à sa grand-mère, la considérait un peu comme une tarte.

La très charmante Rosa s'en fichait éperdument, et peignait avec un art qui était le sien propre et qui transcende les académismes aussi bien que les modes.

L'art, comme la vie, a autant besoin de s'éparpiller que de se concentrer. Au diable les formules définitives des écoles! Au diable les manifestes et les «arts poétiques»!

Et si l'on peut bénir Gauguin d'être allé chercher à Tahiti et aux Marquises des formes, des couleurs et des compositions nouvelles, que ne doit-on pas à Rosa Bonheur, qui resta chez elle et qui réussit à concentrer l'homogénéité de l'univers dans l'œil d'une vache qui demeure chez moi et que j'ai baptisée Adélaïde!

Ce regard ne saurait tromper. Plus je le fixe, plus je me convaincs qu'il s'agit du dernier regard que cette belle bête porta sur le monde avant de périr à l'abattoir. Et je vais parfois jusqu'à croire qu'il s'agit du dernier regard de Rosa Bonheur, ce grand peintre tombé dans l'oubli pour n'avoir pas souscrit aux diktats culturels des puritains de son époque.

Car, sachez-le, Rosa s'habillait en homme, dûment munie d'un permis de travestissement de la police de Paris, pour travailler mieux à l'aise dans les abattoirs et les marchés de bestiaux, où elle aimait peindre. Pire encore, elle vécut avec une femme, puis, à la mort de celle-ci, avec une autre, peintre elle aussi, et si jeune que le scandale n'en fut que plus grand.

Elle s'appelait Anna Elizabeth Klumpke. Née à San Francisco, elle souffrait d'une décalcification de la hanche et avait gagné l'Europe pour se faire soigner, mais sans succès. Elle vivait alternativement en France et aux États-Unis. Elle admirait les œuvres de Rosa Bonheur et elle avait eu la chance de rencontrer son idole en servant d'interprète à un marchand de chevaux américain qui lui avait fait cadeau d'un beau percheron. De retour aux États-Unis, elle s'était permis de lui écrire pour lui demander le privilège de faire son portrait. Elle était en vacances à l'île Deer, une des Mille Îles du Saint-Laurent, devant Alexandria Bay, dans l'État de New York, quand elle reçut l'invitation de celle qu'elle ne devait plus quitter et dont elle écrivit la biographie[1] en plus de faire son portrait.

---

1. Anna Klumpke, *Rosa Bonheur, sa vie et son œuvre,* Flammarion, 1908.

Légataire des biens de Rosa Bonheur à sa mort, c'est elle qui organisa la vente des restes de l'atelier d'où me vient Adélaïde.

Le regard d'Adélaïde vaut pour moi le sourire de *La Joconde* ou le nez de Cléopâtre. Il appartient à une femme qui a changé le cours de l'histoire et le cours de ma vie. J'ai toujours adoré les vaches et, tout irlandais, québécois et canadien-français que je sois, je suis porté à croire qu'il coule aussi du sang égyptien dans mes veines et que je vis sous le charme d'Hathor, cette déesse représentée sous la forme d'une vache dans les temples des bords du Nil — ô Nil! —, une vache portant le disque solaire entre ses cornes en forme de lyre.

Séduit, je l'ai été corps et âme par Adélaïde dans les circonstances que voici.

Fin mars, une amie me téléphone pour me demander si je n'achèterais pas un Rosa Bonheur. Elle le tenait de sa grand-mère, qui l'avait acheté à Paris en 1900, un an après la mort du peintre. Mon amie avait grandi sous le regard de cette vache et elle en a vaguement gardé quelque chose, mais passons... Elle avait besoin d'argent et les grandes galeries montréalaises refusaient d'acheter, devant la difficulté de revendre, car, toujours bien cotée à New York et à Londres, Rosa Bonheur est inconnue ici.

Même le Musée des Beaux-Arts n'a rien d'elle.

Incrédule, j'ai demandé à voir la vache, mais j'ai bien failli ne jamais la voir. Mon amie me téléphona un soir pour m'annoncer sa visite dans dix minutes. Dix minutes qui en furent finalement quatre-vingt-dix.

— Excusez-moi, Jean, j'ai été victime d'un cambriolage. On a forcé la serrure de mon auto et j'ai dû passer au poste de police pour signaler le vol.

— Mais votre chien Gustave était dans l'auto?

— Oui, mais il est tellement gentil qu'il leur aura léché les mains et la face.

— Ils ont emporté le tableau?

— Non, les niaiseux ! Ils ont pris le Blaupunkt. Voici la vache !

Elle était soigneusement enroulée dans une serviette de tissu éponge. J'ai soulevé la serviette et elle m'a eu tout de suite, comme elle attrape immanquablement tous ceux qui viennent la voir pour se moquer de moi.

Mais s'il est déjà difficile de vivre avec une vache dans un appartement, cela devient presque impossible avec une vache signée Rosa Bonheur. Elle me suit partout, me regarde écrire et, pire encore, me regarde manger si j'ose m'offrir un petit steak au beurre. Parfois, elle semble même me dire que je suis un pauvre hère, qu'elle est une bête de trop grand prix pour moi et qu'elle se sentirait plus à l'aise dans un vaste salon victorien.

Survient alors une autre amie qui veut Adélaïde à tout prix, mais qui va d'abord consulter, à la bibliothèque municipale, le «Catalogue des tableaux de Rosa Bonheur» dont la vente aura lieu à Paris par suite de son décès, galerie Georges Petit, — 8, rue de Sèze, les mercredi 30, jeudi 31 mai, vendredi 1er et samedi 2 juin 1900, à deux heures précises.»

À la page 69 de ce catalogue, au numéro 304, on peut lire ceci : «Tête de bœuf noir, taché de blanc. De trois quarts droite et de face. Toile. Haut., 24 cent. ; larg., 30 cent.»

Derrière mon tableau, sous le sceau de Rosa Bonheur, il y a un beau «304» à la craie rouge.

Voilà donc qu'Adélaïde est un bœuf ! Et bravo pour les spécialistes qui devinent le sexe des bovidés en leur regardant la tête !

Vache ou bœuf, ce tableau mérite un salon victorien et, un peu fauché moi-même, c'est ce que je recherche pour lui, d'où ma croisade afin de restaurer la réputation de Rosa Bonheur.

Il serait tout indiqué, il me semble, qu'on m'interviewe dans les magazines féministes afin que le Tout-Montréal connaisse bientôt cette admirable féministe de la première fournée.

129

Et à ceux qui croient que ma croisade n'est pas tout à fait désintéressée, que je la fais tout simplement pour retourner en paix chez *Moishe's* avec Vincent, je répondrai que je la fais également dans l'intérêt de la gent bovine, ces bêtes si méprisées parce que si bonnes, si douces et si peu vindicatives.

— N'est-ce pas, Adélaïde ?

— Tout à fait, Jean-Jean !

Printemps

Printemps

C'était au joli mois de mai
Ta vulve palpitait
Ma bitte s'agitait
Et nous plaignions les gais.

Spring

'twas in the merry month of May.
Your cunt was flapping,
My cock was bobbing,
And we were sorry for the gay.

Le rosbif

— Mireille, tu ne sais pas la nouvelle ? Ma belle-sœur Carmen m'a appris à faire cuire du rosbif, enfin !

— Vraiment ?

— Oui ! Tu le réussis bien, toi ?

— C'est toujours difficile avec de petites pièces.

— Moi, je trouvais cela impossible et j'ai abandonné depuis belle lurette, mais il semble que Carmen ait le truc.

— Et c'est quoi ?

— Dix minutes à 260 °C (500 °F), dix minutes à 180 °C (350 °F), et dix autres minutes à zéro.

— Mets-tu de la moutarde ?

— Oui, on enrobe toujours le rosbif de beurre moutardé. Mais je n'en ai pas fait depuis des lunes. Je mange le rosbif au restaurant seulement, car il en faut un énorme pour qu'il soit saignant et chaud à la fois. Les miens sont toujours trop petits et trop cuits. Pourtant, maman prétend que la recette de Carmen est extra.

* * *

Depuis combien de temps se vend-il des rosbifs pour célibataires ?

Trop petits, les miens étaient toujours trop cuits. Il faut croire que les bouchers se sont ajustés aux réalités nouvelles

135

car on peut maintenant en trouver d'un kilo ou moins, même, qui supportent à merveille le traitement suggéré par Carmen.

Pour les manger saignants, cela va de soi.

* * *

Avez-vous déjà eu une blonde qui n'aimait le rosbif que bien cuit et qui ne mangeait jamais d'aspics ou quelque plat que ce soit à la gélatine ?

J'appelle cela une malédiction, sauf qu'une blonde est une blonde et elles sont trop rares pour les chicaner sur le degré de cuisson du rosbif.

Ce qu'elle était fine, pourtant.

* * *

Le rosbif du printemps exige les pommes de terre grelots californiennes, en attendant les nôtres, et les petits pois de même provenance, cuits à l'étuvée selon la préparation de Yolande : beurre, échalote hachée, petis pois, menthe, sel et poivre, avec un rien de sucre et une feuille de laitue finement ciselée.

Un jour que j'avais triché en troquant le sucre contre du sirop de maïs, je crus que mon amie allait mourir au bout de son extase, mais une salade à l'oseille et à la roquette lui ramena les fesses sur sa chaise.

Le raifort accompagne bien le rosbif chaud.

La récompense, toutefois, c'est un restant de rosbif froid avec de la moutarde et de l'huile d'olive, quelques tranches de tomate saupoudrées de basilic haché frais, et un soleil oblique sur les chapeaux de paille pour la dînette au grand air sur le patio.

Et, comme le veut la contrepèterie, rien de tel qu'un coup de marc après la dînette.

Anatomie

Anatomie

Quand je changeais la couche de mon petit frère,
Je n'aurais jamais rêvé que j'aurais autant de plaisir,
    un jour, avec un pénis.
Le prépuce est déjà toute une sensation,
Du moins pour les lèvres et la langue de votre com-
    pagne,
Et leurs jeux autour du gland
Font réagir les papilles en grand
Avec plein de saveurs parfumées
Qui vous invitent à dévorer,
Par pure gloutonnerie,
Tout le contenu de la dépense
Jusqu'à ce que le bonbon fonde et s'écoule
Dans une indicible variété de jus.
Quand je gis pantoise près de mon amoureux,
Je pense souvent à mon petit frère.

Anatomy

When I used to change my brother's diaper,
I never dreamt I'd have so much fun with a pecker.
Foreskin is quite a sensation,
At least for the lips and tongue of your companion,
And their way around the glans
Raises the tastebuds to a stand
With plenty of fragrant flavours
That urge you to devour,
Out of sheer gluttony,
The whole of the pantry
Until the candy melts and oozes
In an untold variety of juices.
When I lay aghast beside my lover,
I often think about my brother.

Pique-nique I

Quand Nicole arriva à l'appartement par l'autobus qui l'avait laissée à l'angle de l'avenue Belvédère et du boulevard Saint-Cyrille à dix-huit heures vingt, le poulet était déjà dans le réfrigérateur, sans qu'elle s'en doutât le moins du monde, et il n'était pas question que je lui en parle.

D'un commun accord, nous allions en pique-nique le lendemain. Je dis «d'un commun accord», mais elle n'en savait rien non plus.

Je me souviens que, lors de son arrivée, elle avait sur la tête un joli béret tricoté, et je n'oublie surtout pas qu'en m'embrassant dans l'entrée elle me dit :

— Mon Dieu ! Je suis déjà toute mouillée.

J'ai oublié le reste, jusqu'à quatre heures le lendemain, alors que je m'éveillai en sursaut, tout heureux de n'être pas seul dans mon lit, mais investi d'une mission combien plus impérieuse que toute réjouissance amicale : faire cuire le poulet.

Sans douleur, il passa du réfrigérateur au fourneau et y resta quatre-vingt-dix minutes à dorer tranquillement dans l'osmose de ses jus, tandis que je préparais une salade de pommes de terre à l'huile d'olive, alors que la plupart des gens ont le tort de la toujours faire à la mayonnaise, et quelques légers hors-d'œuvre, radis, pistaches, cornichons et tranches de saumon fumé fourrées dans de petits pains pita avec du fromage cottage amplement picoté de ciboulette, de coriandre et d'aneth vert frais.

En accompagnement, petit pot de beurre et petit pot de gelée de pimbina.

La baguette venait de chez Bardou, une signature, à l'époque, une «poque», depuis.

Pour grignoter avant le dessert, il y avait deux poires Bosc, un peu dures, avec du roquefort malheureusement pas très vieux.

Il y avait des cerises aussi, juteuses et succulentes, avec un noyau qu'on aurait peut-être envie de se passer entre les dents, de l'un à l'autre, plus tard dans la journée, sait-on jamais?

Le dessert lui-même se réduisait à peu de chose, des négrillons au chocolat, dont il sera question plus tard dans la suite de ces récits.

L'autre malheur, c'est que la bouteille de sancerre allait être unique.

J'étais assez riche pour m'acheter une bouteille de sancerre, mais pas suffisamment pour m'en acheter deux, ni même pour m'acheter un grand panier à pique-nique. Mon épouse avait exigé le divorce, surtout pour l'allocation qui l'accompagnerait, en se déclarant elle-même adultère, pour convoler avec un sans-emploi qui refilait ladite allocation à son ex-épouse et à son fils.

La justice de mon pays a ratifié d'incroyables pique-niques!

Il importe peu de s'en plaindre, mais encore faut-il le rappeler à l'occasion, au cas où cela réveillerait les juges qui cuvent leur gin, assis sur le banc, sans voir les enfants se promener à la traîne avec leur valise.

— Êtes-vous encore là, Paul Lesage?

— Vous dites?

— Non, vous êtes mort enfin, mais sans doute Paul Vézina vous remplace-t-il avantageusement.

— Que voulez-vous dire?

— Je veux dire mon admiration pour la magistrature, et surtout pour son salaire.

Oui, j'avais déjà été reporter au Palais de Justice de Québec pour le quotidien *Le Soleil*, et j'avais vu la magie à l'œuvre.

Toujours est-il que, vers sept heures et demie, ces aimables denrées, périssables comme nous mais enveloppées avec un tant soit peu de délicatesse dans des papiers de textures diverses et intrigantes, cirée, plastique, métallique, furent rangées dans une boîte de carton, probablement prise au magasin de la Société des alcools en même temps que le sancerre, et que le pique-nique était prêt, non sans que Nicole se fût levée pour me demander ce que diable je fabriquais.

— Rien, évidemment.

Et qu'est-ce qui sentait aussi bon?

— Encore moins que rien!

Un secret entre nous...

Cela sentait le poulet farci au boudin, aux oignons et au riz avec une branche de sarriette et une autre d'estragon, la victime étant généreusement enrobée d'un beurre moutardé.

On ignore généralement la provenance de toutes ces bonnes choses qui constituent nos repas, et il n'y aurait vraiment aucun plaisir à toujours faire la généalogie de la moutarde, de l'estragon ou de la sarriette quand on en pique un brin pour assaisonner un plat que l'on veut délicieux, encore que certains livres y consacrent des pages fort intéressantes lorsqu'elles nous apprennent la diversité des cultures et des nations qui se trouvent rassemblées dans les humbles bouchées d'un humble pique-nique dominical, au bord de la rivière Ferrée.

Car telle était notre destination.

À Saint-Roch-des-Aulnaies plus précisément, derrière le manoir de la Grande-Anse, qui surplombe le moulin, et sur un promontoire qui suit de haut la fuite des cascades.

Le manoir était en ruine à l'époque et, croyant bêtement qu'il était abandonné à tout jamais, je n'avais pas abandonné l'idée de l'acheter pour une bouchée de pain, ce pourquoi je l'avais inspecté régulièrement, à la sauvette. Sauf que la restauration des manoirs québécois était à la veille de prendre un essor considérable, largement subventionné, grâce à des gens habiles à toucher les subventions et à refiler les tâches à des entrepreneurs locaux.

Autant que j'en puisse juger, ce fut fort bien fait, mieux que si j'eusse eu le malheur de m'y hasarder, et il me faut croire que le pique-nique a suffi à mon bonheur, car je n'y suis jamais retourné.

Je n'ai jamais oublié, toutefois, la nappe à carreaux étalée dans l'herbe au-dessus de la rivière, l'odeur du poulet tiède quand j'ouvris son emballage d'aluminium, sa saveur parfumée, fondante dans la bouche avec une touche de gelée de pimbina, exquise lorsque rincée d'une gorgée de sancerre, sans oublier non plus les commentaires des quelques passants dans le sentier, qui écarquillaient les yeux et disaient : «Mon Dieu, le beau pique-nique! Et ce que ça sent bon!»

Une vieille dame ajouta : «J'y goûterais volontiers!»

Elle y goûta, fort surprise et plutôt gênée de mon empressement.

— Que c'est bon! Ah! vous êtes spécial! Mais du monde spécial comme vous, il devrait y en avoir plus!

Sur le chemin du retour, je pris le mauvais petit chemin qui mène au manoir Dénéchaud, au bord du fleuve à Berthier-en-Bas. Quelle tristesse!

Il n'était plus à l'abandon, c'était une ruine, une si belle construction, dans un pareil site!

Vite, vite, que Marie-Victorin vienne à la rescousse :

«Le vieux Longueuil s'en va, comme le vieux Montréal et le vieux Partout. C'est fatal, et c'est vaine besogne de vouloir, avec un fétu, enrayer la roue du temps[1]!»

---

1. Marie-Victorin, « Le vieux Longueuil », dans *Croquis laurentiens*, Frères des Écoles chrétiennes, Canada, 1920, p. 13.

J'ignore ce qu'est devenu le manoir Dénéchaud, mais les ancolies étaient en fleurs, braves et graciles dans la brise au bord du fleuve.

Avec quelques rots de poulet et de sancerre, un thermos de café noir, des négrillons au chocolat et quelques papouilles échangées en marchant sur la grève, cela fait simplement partie de la vie, je suppose.

Hésitation

Tout juste sortie de la douche,
Tu étais là, les mains sur les hanches,
Te demandant si, oui ou non,
Nous allions au cinéma.
Je semblais hésitant et,
Pendant la discussion,
Tu posas un pied sur la table basse.
J'entrevis alors un clitoris rosâtre
Et je m'avançai vers toi
Seulement pour jeter un coup d'œil sur les horaires.
Mais comme, distraitement, je plongeais mon doigt
      du milieu dans ton propre milieu,
Nous sûmes quel serait le sujet du film.

Et je pleurai.

Hesitation

Just out of the shower,
You were standing akimbo,
Wondering wether or not
We were going to a movie.
I seemed hesitating and,
For the time of discussion,
You set your foot on the tea table.
I caught a glimpse of your pinkish clitoris
And I walked towards you
Just to pick up the timetables.
But, as, absentmindedly, I sank my middle finger in
    your own middle,
We knew what the movie would be about.

And I cried.

Chez Vincent

Vincent est le roi des tapas, à moins que Sylvie n'en soit la reine.

Vincent est également le fils de Pierre, un sacré fou, peintre, écrivain, sculpteur, amoureux de tout ce qui bouge, époux d'Irène, elle-même cuisinière émérite, qui a un peu de la douceur des choses andalouses.

Irène et Pierre ont vécu et vivent encore en Espagne, où leur Vincent a pris goût aux tapas, qu'il offre à Montréal, angle Bernard et de l'Esplanade.

J'ignore absolument d'où lui est tombée Sylvie, qui n'est pas sa moindre réussite.

Pour dire platement les choses, les tapas sont des hors-d'œuvre espagnols, et au restaurant de Vincent on ne mange que des tapas.

Dans l'intimité, Vincent a sans doute droit à autre chose, mais, malheureusement, cela n'est pas de mes affaires.

Me voici donc chez Vincent, qui me fait visiter sa cuisine, qui m'ouvre largement son livre de recettes, qui me raconte sa vie...

Il adore cuisiner, il a le nez, le goût, Sylvie... mais cela est devenu une industrie et c'est un peu moins drôle.

Il ne s'en plaint pas, bien que la joie soit ailleurs.

La joie est à *La Mer*, où il descend chaque jour avant l'aube pour choisir ses arrivages encore parfumés des extrémités du continent.

La joie est au sourire d'un convive qui découvre soudain la volupté.

La joie est sur les murs où son père a peint des paysages d'ailleurs pour un manger d'ailleurs.

Mais voici le menu qu'on offre entre ces murs.

Blinis du Québec
Accras de morue sauce chien
Crevettes à l'ail et à l'échalote
Crevettes à la crème
Saumon de la maison
Vaquereau au vin blanc
Calmars à la provençale
Saumon en pièce montée
Salade de pommes de terre aux deux échalotes
Salade de carottes râpées au gingembre
Salade de concombres à l'aneth
Salade de gésiers confits
Salade de champignons au vin blanc
Salade de fromage de chèvre
Poivrons rouges et verts grillés et marinés
Brochette de champignons à la crème d'ail
Paillasson de pommes de terre
Paella valencienne terre et mer
Mousse de foie de volaille
Pâté de foie de porc au poivre
Rillettes de Tours
Le grand plateau des terrines
Suprême de volaille au cresson
Lapin et volaille sautés à l'ail et au vin blanc
Caille au vin rouge et lardons
Cailles à la plancha
Veau Marengo
Boulettes d'agneau en sauce
L'onglet au beurre d'herbes
L'onglet en minifondue bourguignonne

N'y a-t-il pas là de quoi mourir de bonheur?

Encore faut-il y être, dans la simplicité de l'amitié et la générosité de l'authentique.

Vincent, costaud, bedonnant même, sans doute avec la fierté qu'il doit à ses chaudrons, ne se gêne pas pour circuler avec toque et tablier parmi la clientèle, qu'il veut heureuse et satisfaite. Sylvie veille aux petites choses qui passent inaperçues et qui sont l'essence même de la délicatesse. Irène, cachée dans un coin, s'occupe de l'administration, et Pierre, fanfaron comme un coq gaulois, se réjouit du bonheur des siens, lui, l'angoissé jusqu'au trognon, qui trompe son mal par des parties de pêche dans la brume des petites heures, aux rapides de L'Assomption ou du Richelieu, seul avec le défi invisible qui le nargue sous l'eau.

— Faudrait que tu goûtes aux bouillabaisses qu'Irène en fait.

Pour le moment, j'ignore, mais, à table chez Vincent, comment dire la bonté du concombre mariné avec un rien de sucre? Et celle des accras de morue sauce chien? Et celle du saumon, fondant sous les parfums de l'Atlantique, et sous les autres, venus de jardins anonymes, que Vincent lui ajoute avec une espièglerie professionnelle?

C'est bête, très bête, mais je pense à Vincent chaque fois que je vais faire le plein d'essence de ma petite auto.

Elle ne fonctionnerait pas sans cela, et elle me le rappelle à l'occasion avec un clignotement sur mon tableau de bord.

Je suis moi-même une petite auto, mais capricieuse, qui bouffe pour survivre, mais qui se fait délicate, chiante, dirais-je, sur la qualité de l'essence qu'elle ingurgite.

Je ne crois pas que mon auto ait du plaisir à boire et à brûler de l'essence. Cela viendra sans doute avec le perfectionnement que nous apporterons à les construire.

Mais moi, je suis chatouilleux sur la qualité du combustible et je jouis toujours d'en découvrir d'excellents.

Comme chez Vincent.

Et je ne déteste pas Sylvie, qui n'en sait rien, bien sûr.

Plaisir

Homme,
Tu n'es qu'un poil
Sur la peau de mes dents,
Et j'aime le chatouiller
Avec le bout de ma langue.

Pleasure

Man,
You are but a bristle
On the skin of my teeth,
And I love to tease it
With the tip of my tongue.

La blanquette de veau

Épuisés, nous nous étions arrêtés au *Convive*, un restaurant qui ne payait pas de mine, entre Beauharnois et Valleyfield, et nous nous étions trouvés attablés devant un menu étonnant.

— Tu vois ça? Ils ont de la blanquette de veau.

— Et des rognons à la moutarde.

— Sommes-nous tombés sur la Lune ou sur Mars?

— Peut-être sommes-nous tombés sur la tête.

Il ne faut jamais commander de la blanquette de veau dans un restaurant.

Jamais, jamais!

Sauf quand elle est bonne.

Les morceaux d'épaule ou de flanc doivent mijoter avec de l'oignon, des feuilles de laurier, quelques clous de girofle et autres fantaisies comme un zeste de citron si l'on ose. Mijoter quoi? Une heure et demie?

Tout dépend des quantités.

Mijoter, disons, jusqu'à la tendreté.

— C'est une question idiote, madame, mais la blanquette est bonne?

— Monsieur, je n'en fais plus jamais depuis que je la mange ici. Le cuisinier est un gars de Chibougamau, bel homme, même, qui sort tout droit de l'Institut de la rue Saint-Denis et qui fait des expériences ici avec les routiers. Son adjoint se charge des steaks, du poulet rôti et des filets de sole amandières.

— Amandines, non?

— Peut-être. Vous prendrez un apéro?

— Un vermouth blanc et rouge. Et toi, Lise?

— Vous avez du pineau des Charentes?

— Bien sûr. Désirez-vous commander tout de suite?

— La blanquette, Lise?

— Oui, puisqu'il faut vivre dangereusement.

C'est alors qu'arriva le couple par excellence, un avocat de l'assistance juridique et son épouse, travailleuse sociale au centre local de services communautaires du bled. Non pas que nous ayons demandé quelque information que ce soit, mais ils s'empressèrent de tout nous apprendre sur leur vie en discutant à haute et pénible voix comme au prétoire ou à l'assemblée générale annuelle du syndicalisme syndicalisant.

Sans même poser de questions, on apprit bientôt qu'ils s'appelaient Juliette Tremblay et Marcel Cousineau, car, de part et d'autre de la table, qu'ils confondaient sans doute avec une table de négociation, ils s'interpellaient comme au théâtre : «Toi, Marcel Cousineau, tu vas pas me dire...» «Minute, Juliette Tremblay! Écœure-moé pas avec des accroires.»

Sans doute n'auraient-ils pas parlé ainsi s'ils avaient été seul à seul, mais *Le Convive* était assez bien rempli et, pour eux, un auditoire valait mieux qu'un repas.

Sur un ton d'impératrice dérangée dans sa conversation, elle commanda des linguine Alfredo et lui, une pizza *all dressed.*

Leur présence nous avait un peu coupé la parole, à Lise et à moi, et j'essayais de reconstruire une conversation à partir du menu que nous avions toujours devant nous.

— Tu ne fais jamais de blanquette, Lise?

— Non, je te laisse ça à toi. Je ne puis en faire uniquement pour moi, et Gabriel n'en mangerait pas. Mais, sans toi, je n'en mangerais pas ici non plus, car la tienne est trop bonne.

— Chez Marie Trottier, j'en ai mangé une qui m'a bien étonné. Parfaitement délicieuse, mais sans la moindre liaison

156

à la béchamel ou au jaune d'œuf. C'était vraiment du veau au veau, si l'on peut dire.

— J'ai déjà fait des blanquettes au jambon et j'aimais beaucoup ça. Faudrait que j'en refasse. Avec des échalotes, et je la mangeais sur un «crumpet» anglais.

— Ça devait être bon.

Toute discrète que fût notre conversation, elle était largement enterrée par les échos de la table voisine, où l'on s'indignait qu'un procureur de la Couronne aille bientôt s'élever contre une injonction qui rabaissait les travailleurs de la santé au rang de bêtes de somme, tandis que les pauvres avocats devaient eux-mêmes lutter, non seulement pour le salaire des autres, mais également pour le leur, nettement en dessous de tout.

Les linguine et la pizza leur clouèrent le bec pour un moment et nous n'osions plus parler, vu qu'ils ne couvraient plus nos voix. Sauf que le Marcel retrouva soudain sa verve avec un «Tabarnac!» retentissant. Il venait de se casser une dent sur un noyau d'olive et sa Juliette, déjà debout, prenait le monde entier à témoin que cela ne se pouvait pas, qu'un noyau d'olive dans une pizza était un outrage à la race humaine, et tout particulièrement à la classe laborieuse.

Une dame vint pour arranger les choses. Il en fallut une deuxième, et finalement un monsieur vint prier le couple de le suivre dans son bureau pour discuter des suites de l'affaire.

Malgré le brouhaha, la blanquette finit par atterrir sur notre table, riche de champignons et onctueuse comme un péché mortel bien réussi.

— Elle est très bonne, mais tu sais une chose, mon chéri? Je préfère la tienne.

— Tu parles de quoi?

— Je ne parle que de blanquette.

J'en fais encore, mais ce qui gâte mon plaisir, c'est que je ne puis jamais en manger sans penser à Juliette Tremblay et à Marcel Cousineau. Et, méchant comme je suis, je leur souhaite des tonnes de noyaux d'olive.

Crêpe

— Qu'est-ce que tu ne ferais pas pour un peu d'agré-
ment?
— Je ferais tant et tant que je vais me virer de bord.

Flapjack

— What wouldn't you do for a little fun?
— So much so that I'll turn around.

Osso buco

Je parlerai ici de ma mère, chose que je voulais retarder au moins jusqu'à sa mort, mais elle n'en finit plus de vivre et, à ses quatre-vingt-quatorze ans, je suis un peu las d'attendre.

Je ne serais même pas fâché qu'elle m'enterre elle-même.

Elle serait la première à en rire.

Et à me maudire.

Bah! Elle a toujours ri de moi et, que j'écrive sur elle, elle ne pourra que m'en maudire davantage.

Elle s'appelle Marthe Belleau et je l'aime gros comme un osso buco.

J'ignore pourquoi la table a pris une telle importance dans la vie de ma mère, mais je devine, non, je propose une hypothèse : probablement parce que la table n'avait aucune importance dans la vie personnelle de sa mère, qui y accordait beaucoup d'importance dans la vie de sa famille, à cause des traditions de son propre père.

— Grand-papa, Edmond Giroux, avait pour lui seul une petite soupière en argent à son chiffre, toujours flanquée d'une bouteille de son vin favori.

1903.

La famille Belleau habite la plus haute maison de la rue d'Auteuil, à Québec. Georges-Napoléon, veuf de Marie-Ulysse Beaudry, a épousé Marie-Louise Giroux en secondes noces, laquelle sera désavouée par son père jusqu'à ce que, malade, il l'invite à réintégrer la maison paternelle. Les enfants du second lit se présentent une à une.

Oui, toutes des filles. Antoinette, Germaine, Marthe, Marie-Louise et Andrée.

L'oncle de Georges-Napoléon, Narcisse-Fortunat — Fortunat étant un prénom qu'il se serait ajouté lui-même par coquetterie peut-être, ou par la vanité de sa réussite sociale, lui qui n'eut jamais d'enfants —, est décédé depuis neuf ans mais sa renommée perdure. Riche et presque richissime, il fut banquier, maire de Québec, Premier ministre par intérim et premier lieutenant-gouverneur du Québec après la création de la Confédération en 1867.

Cela marque la famille comme elle préférerait n'en pas être marquée.

Aussi Georges-Napoléon fait-il sa vie lui-même. Il est marchand de tissus et voyage au Japon et en Europe pour procéder aux achats qui entretiennent la réputation de son établissement.

Au domicile, les bonnes et les gouvernantes se succèdent car Marie-Louise Giroux, elle, est tout occupée à gérer la maison et à recevoir les amies de la bonne société. Parmi les domestiques, il y en avait une de Pabos, en Gaspésie, qui faisait manger de la morue aux enfants en leur disant :

— Mangez, mangez! C'est bon sans bon sens. Quand un homme mange de la morue, c'est ben simple, la «parche» lui lève!

Marie-Louise Giroux a pourtant un livre de recettes écrit main, moins pour les faire elle-même que pour les faire faire par ses domestiques.

Sans beaucoup d'égards pour son livre de recettes, un peu désuet, qu'elles conserveront précieusement tout de même, Antoinette, première dépositaire, et Marthe, ensuite, deviendront des cuisinières émérites, comme il ne s'en fait plus, serais-je tenté d'écrire, sauf que j'en connais quelques-unes.

Le rosbif de ma tante Antoinette, ma Tony chérie, n'a jamais été égalé par qui que ce soit, et sa mousse aux ananas est restée une tradition familiale.

Oui, elles sont devenues des cuisinières exceptionnelles.

Maman détestait Tony et vice-versa.

Jalousie?

Pénibles souvenirs d'enfance ou chicanes de succession?

Peu importe et peu m'importe. Je sais toutefois comment elles sont devenues des cuisinières exceptionnelles.

D'abord, elles étaient intelligentes, et dans le très très.

Ensuite, leur père fut ruiné par le krach de 1929 et elles durent apprendre à faire elles-mêmes tout ce qu'elles avaient aimé, la conversation, la peinture, la musique, la cuisine, tout ce qu'elles avaient aimé et que d'autres avaient jusque-là fait pour elles.

Leurs sœurs ne s'en sont pas aussi bien tirées, mais là n'est pas mon propos.

N'est-ce pas que l'histoire des vieilles familles est aussi bête que celle des nôtres?

Sauf qu'il en reste des trésors transmis par la génétique et par la table.

Tony était une artiste de la tradition. J'ai cité le rosbif et la mousse aux ananas. Comment oublier l'alose à la béchamel, l'outarde aux pommes, le bar au beurre, le rôti de veau à la sauce au maïs, la soupe au chou-fleur, la tarte au citron, meringuée à la royale, et les chaussons aux pommes servis avec autant de thé que t'en veux?

Ma mère était plutôt une iconoclaste, une artiste de l'inédit.

De l'inédit local, il va sans dire, car elle n'a pas, que je sache, beaucoup inventé, empruntant plutôt à toutes les cuisines reconnues.

Et pour la tarte au citron, elle battait souvent sa sœur.

Nous étions jeunes encore quand elle déposa sur la table un plat de service fumant et fleurant bon.

— Voici un osso buco, dit-elle simplement.

J'ai toujours cru que c'était le premier osso buco jamais cuisiné à Sherbrooke, «la Ville reine des Cantons-de-l'Est», et je gagerais mes culottes là-dessus, sans avoir hâte ni même peur de devenir un tout-nu. Je crois qu'elle avait trouvé la recette dans un vieux numéro du *Times* de New York qui avait servi à envelopper une commande d'épicerie.

Me tromperais-je ou me «trompis»-je?

Je me souviens tout de même que j'eus une traduction instantanée pour ce merveilleux ragoût de jarrets de veau, que je cuisine depuis avec tendresse. À mon frère Georges, qui demandait : «C'est quoi, ça?», je répondis : «Beaucoup d'os.»

Mais cet *osso buco*!

Des jarrets de veau tranchés à trois centimètres tout au moins, amplement farinés et vite sautés, dorés, dans l'huile d'olive.

Ensuite, deux, trois belles tomates, passées au robot si on y tient, de l'ail et de l'origan tant qu'on en veut, et une douce chaleur jusqu'à ce que le parfum du tout envahisse l'univers, quatre-vingt dix minutes peut-être, selon l'odorat d'un chacun.

Au dernier moment, ajouter le zeste râpé d'un citron avec une belle poignée de persil haché.

D'aucuns le servent avec du riz.

Ma mère le sert dans une couronne de nouilles fines et je m'en tiens à ma mère.

Las, on ne sait plus très bien ce que c'est que de faire manger six enfants trois fois par jour pendant vingt-cinq ans, sans jamais les emmener chez *McDonald's* ou aux *Rôtisseries Saint-Hubert* ni faire venir une pizza de *La Casa d'Italia*.

Tiens, je ne me souviens pas qu'elle ait jamais fait de la pizza.

Je veux pleurer aujourd'hui quand je constate le peu de cas qu'on fait de la cuisine familiale. Probablement est-ce là un effet de mon âge. Quand les choses évoluent vers le pire, elles finissent par disparaître.

L'Empire romain, par exemple.

Autrement, elles évoluent vers l'inconnu, en toute innocence et en toute espérance.

Et sans avoir retenu de grandes recettes de ma mère, non pas qu'elle en fît de petites, je retiendrai toujours son amour de la bouffe, le plaisir de la faire, le plaisir de l'inventer, de la varier, d'y goûter soi-même et de l'offrir aux autres.

Sans surtout oublier d'aller goûter ailleurs.

Pour sûr, l'art évolue. Je n'irai pas pleurer qu'il se perd.

Au contraire, il se raffine et se détériore aux deux extrémités de son évolution, de Bocuse à *McDonald's*, par exemple, sans qu'on tire beaucoup de profit, sans qu'on puisse prendre beaucoup de plaisir au juste milieu des friandises de la Terre et de l'invention humaine.

Pardon.

J'admets que j'en suis aux vaines considérations qui précèdent le dessert.

— Maman, tu avais parlé d'un paris-brest?

Bhagavad-gîtâ

Mon amour !
Le trou de ton cul a été imprimé
Sur le front de Vishnou
Qui parcourt maintenant le monde
En ayant des visions.

Bhagavad Gita

My beloved!
Your asshole was printed
On the forehead of Vishnu
Who now walks the world
Seeing things.

Chili con carne

Me voici à parler de Jean-Louis, qui, de tous mes amis, lesquels sont plutôt rares, est de loin le meilleur cuisinier.

Avec Viviane, mais cela est une autre histoire.

Je n'ai pas mangé souvent chez Jean-Louis, mais ce fut chaque fois un grand bonheur.

J'ignore comment il fait dans son appartement de la Grande-Allée à Québec, ne m'y étant jamais invité, mais dans sa maison de Cap-aux-Oies, c'est autre chose.

J'y étais l'automne de l'autre année et je le raconterai au chapitre de la pasta, mais j'en reparle ici pour le plaisir que j'y trouvai et que je garde encore.

Raconter deux fois la même chose, chaque fois de façon différente, et se faire demander ensuite où est la fiction !

Quatre heures d'auto pour moi, seul au volant, c'est énorme.

J'avais apporté quelques restants que je ne voulais pas laisser pourrir à la maison, notamment un bortsch aux betteraves de Saint-Antoine-sur-Richelieu, gracieuseté de Pauline et Marc, ainsi qu'un gâteau aux bananes glacé au beurre et à la noix de coco.

J'étais abstème depuis six mois, et fort heureux de l'être, sauf qu'octobre versait de l'or à la chaudière sur les montagnes de Charlevoix et que cela me mit du sexe au cœur, seul dans

169

ma petite auto qui ronronnait comme une toupie à travers ces paysages édéniques. Quand j'arrivai au-dessus de la cuvette de Baie-Saint-Paul et que je vis autant de lumière couler de partout avec une telle prodigalité, je me dis qu'une bouteille de vodka relèverait le bortsch de façon appréciable et que, de toute façon, je devais bien apporter quelques bouteilles à Jean-Louis.

Le pire, c'est que je ne me souviens pas des quelques bouteilles et qu'il n'y en eut peut-être pas. Mais pour la vodka, qu'on ne s'y trompe pas : Sovietskaya !

Sovietskaya même à Baie-Saint-Paul ! N'est-ce pas que le monde est grand et merveilleux ? Je salivais déjà mon péché en pensant à Maxime Gorki qui marchait sur les routes de sa patrie alors que moi j'y roulais !

Passe Baie-Saint-Paul, remonte les côtes de Cap-aux-Corbeaux, navigue sur les hauteurs des Éboulements par les rangs de Blagousse et de Misère, descends à Cap-aux-Oies et rends-toi au bout du chemin, où Jean-Louis t'attend à la porte de la cuisine d'été.

— Allô ! J'allais chercher du bois dans le hangar.

— Bonjour, Jean-Louis !

Son poirier a fait des merveilles cet été et Jean-Louis n'en finit plus de mettre les fruits en conserve, en confiture, sur le poêle à bois qui chauffe quasiment à blanc, toutes fenêtres et portes ouvertes, sauf celle du corps principal de la maison, fermée pour enclore la fraîcheur parfumée de la journée.

Nous nous assoyons et nous causons longuement, avec André, avec Louisette. Puis, dans la bonté chaleureuse de cette fin d'après-midi, nous sortons pour faire l'inspection des plates-bandes, toutes roses et mauves de cosmos et d'asters, ainsi que la visite du potager, plutôt vide maintenant, mais encore bordé d'une hure de sarriette pourpre.

In petto, je procède également à l'inspection de la mer, ourlée d'un peu d'écume en se retirant sur la grève, immense et vivante jusqu'aux lointains rivages de la Côte-du-Sud, estompés sous l'horizon bleu des Appalaches.

De retour à la cuisine, Jean-Louis se lance dans les apprêts du souper tandis que j'offre une tournée de bortsch à la vodka. Personne n'en veut et je me sens tout à fait ridicule.

Tant pis !

Il y a belle lurette que je suis ridicule et je n'en suis pas encore mort.

Hélas !

Le/la vodka-bortsch est un pur délice à la table rustique de la cuisine, où Jean-Louis s'affaire en babillant à travers les «pop», «pop», «pop» des pots de confiture dont les couvercles métalliques se renfoncent, concaves, à mesure que le vide stérilise leurs trésors.

Tranquillement, je m'«effoire» dans la simple beauté, dans la simple bonté du jour et de l'amitié, non pas ivre mais soudain béatifié par un certain sens de la vie.

À la table ce soir, tout sera très ordinaire mais combien délicieux : un spaghetti au pistou. Du jardin, nous avons rapporté quelques tomates et du basilic, que Jean-Louis hache finement avec de l'ail et des pignons. L'arôme ne tarde pas à remplir la maison, et le repas qui s'ensuit, d'une simplicité extrême, est assaisonné de toutes les choses non dites depuis deux ans et au-delà.

Il y a, comme ça, des moments de grâce.

Le lendemain, avant l'aube, longue promenade dans la brume qui s'appesantit sur le décor, et, au retour, j'ai déjà fait du feu dans le poêle à bois quand Jean-Louis se présente.

— Bonjour !

— As-tu bien dormi ?

— Super, mais je me suis levé tôt car je voulais marcher. Suis allé jusqu'au phare par la route et suis revenu par la voie ferrée.

— T'es fou !

— Comme jamais !

Copieux déjeuner. Café, fromage, toasts et œufs frais, très frais, car Jean-Louis a des poules, douze, qu'il engraisse avec des restes de table et qui lui font des œufs d'or ou quasiment.

Les poules à Jean-Louis, c'est un roman en soi. Il les achète au printemps, de Chrysologue Tremblay, et quand elles ont pondu tout l'été, il les lui remet contre des neuves au printemps suivant.

Il faut croire que Chrysologue les met au pot pour les pâtés d'hiver.

Jean-Louis a toujours un coq aussi. Il n'y a pas de campagne sans un coq qui sonne l'esbroufe à tout moment, pour une poule ou pour un rien. Mon ami Dominique prétendait que les coqs avaient les testicules dessous les ailes, ce pourquoi ils s'épivardaient en grands battements à chaque cocorico, question de les aérer.

Comme bien des politiciens, non?

Tandis que je déjeune, Jean-Louis s'affaire déjà dans sa quincaillerie et taille à bon couteau dans une bavette de bœuf qu'il réduit en dés.

— Tu fais quoi, Jean-Louis?

— Un chili con carne. Les gens font ça avec de la viande hachée mais je trouve que cela ressemble trop à une sauce à spaghettis. Je le fais avec du bœuf en cubes.

Du même coup, il met à noircir des poivrons rouges au four, sur du papier journal qui absorbera les jus délictueux. Cela n'a rien à voir avec le chili. Tantôt, il les pèlera, les épépinera et les mettra à fraîchir, pour les servir ce soir avec céleste vinaigrette.

Il taille également du lard salé, qu'il met à grésiller dans un chaudron de fer, et je perds la suite car je m'en vais en promenade avec André vers L'Anse-au-Sac, par la voix ferrée.

Je ne verrai rien de ce que je voulais voir, notamment les trilobites incrustés dans l'ardoise. Peut-être aurions-nous dû marcher plus loin vers le ruisseau Jureux…

De retour à la maison, nous sommes accueillis par un fumet onctueux et la faim nous tenaille, mais Jean-Louis, qui a tout deviné de notre appétit, nous prévient que ce n'est pas prêt.

Autre promenade, avec Jean-Louis cette fois, vers la coulée de chez M. Armand et dans les petits prés qui bordent la voie ferrée au nord du phare.

Vaine quête de champignons intéressants et retour à la maison, où le fumet s'exsude maintenant par les fenêtres.

— Ça devrait être prêt, dit-il.

Je vois qu'il a pris soin de peler et d'épépiner ses tomates, ce que je ne fais jamais, et je me garde bien de m'enquérir des bontés dont il a enrichi sa sauce, mais le résultat est dans l'assiette, avec du riz, et la saveur s'ajoute à l'odeur qui prévalait.

La recette est simple, au fond. Des cubes de bœuf revenus dans du bon beurre, avec des oignons, des tomates, quelques épices et beaucoup d'amitié, le tout servi devant un fleuve qui se déguise en estuaire par une fin d'automne.

Langue de bœuf

Souviens-toi, c'était sur la chaussée
De la voie maritime du Saint-Laurent,
Un samedi matin
Alors que l'enthousiasme était absent
Et le vent mordant.
Nous marchâmes pendant plus d'une heure
Avant d'arrêter soudain.
La faim et le froid t'avaient rendue maussade
Mais j'avais une langue de bœuf braisée aux tomates
  avec des olives noires et du basilic,
Une petite rondelle de fromage Oka mûri à ton goût,
Des concombres verts, salés, et des bâtons de céleri,
Du pain frais resté chaud sur mon dos
Et une bouteille de sancerre
Que nous léchâmes au milieu de nulle part,
Enveloppés dans nos parkas
Et rayonnant à la vue du paysage.
Toute l'île de Montréal se construisait devant nos
  yeux,
Dentelée en gris sur bleu par des tours et des clochers.
Tu fus soudain transportée de bonheur
Et te penchas vers moi pour un baiser.
J'ai dû t'en donner plus que quelques-uns
Parce que ensuite tu as toujours voulu que je dise :
  «Oui.»

Beef Tongue

Remember, it was on the causeway
Of the Saint Lawrence Seaway,
Some saturday morning
When spirit was missing
And the wind was bitter.
We walked for more than an hour
When we came to a stop.
Hunger and cold were blowing your top
But I had some beef tongue braised in tomatoes, with
      black olives and sweet basil,
A little round of Oka cheese ripe to your will,
Salted green cucumbers and celery stalks,
Fresh bread that had kept warm on my back
And a bottle of Sancerre
That we licked in the middle of nowhere,
Wrapped up in our parkas
And beaming at the vista.
The whole island of Montréal was building itself
      before our eyes,
Jagged in gray on blue with towers and spires.
You got kind of elated with bliss
And leaned over for a kiss.
I must have given you more thant a few
For then, you always wanted me to say, «I do».

La poule aux choux

Pauvre poule !

Pour des raisons que j'ignore, j'étais toujours celui qui devait la choisir, la tuer, la plumer et la vider. Je crois que c'est un agronome, M. Galarneau, qui était venu montrer la technique à mes parents, et maman m'avait dit : «Regarde bien, Jean, car c'est toi qui vas devoir le faire.» Je n'ai jamais eu l'âme d'un assassin pourtant, mais les techniques d'abattage m'intéressaient et me revenaient toujours car personne ne voulait s'occuper de ces tâches pourtant nécessaires.

J'appris ainsi à tuer les lapins, les oies et les poules. Les chiens et les chats qui étaient de trop, aussi.

D'aucuns croient que jadis, à la campagne, on tuait une poule en lui coupant le cou à la hache sur une bûche, mais c'est de la barbarie inutile quand ce n'est pas du folklore pur et simple.

Voici la façon.

Par grand vent de septembre ou d'octobre, un jeudi après-midi de préférence, car, au collège, nous avions congé ce jour-là, il fallait aller choisir la victime au poulailler. Les poules étaient toutes fines avec moi et ne se méfiaient de rien. Cet après-midi-là, j'arrêtai mon choix sur une belle Plymouth Rock, dodue à souhait. Pour ne pas que ses sœurs s'affolent, le crochet et la corde étaient fixés au mur aveugle du poulailler. La technique consistait à glisser la tête de la poule sous son aile et à la bercer en lui chantant quelque chose de circonstance, comme :

> *C'est la poulette grise*
> *Qu'a pondu dans l'église*
> *Elle a pondu un petit coco*
> *Pour bébé qui va faire dodo*
> *Dodiche diche diche*
> *Dodiche diche do*

Avec ce manège, au bout d'un moment la poule ne bougeait plus. On prétendait l'avoir endormie, mais sans doute était-elle tout simplement étourdie. Peu importe. C'était le moment de lui passer les pattes dans le nœud coulant de la corde, de lui serrer un peu la tête pour lui faire ouvrir le bec et de lui planter une fine mais solide lame de canif dans le palais en faisant deux demi-tours pour bien ouvrir la plaie. Déjà insensible à la douleur, et sans un cri si l'ouvrage était bien fait, la pauvre bête s'en remettait à ses nerfs, qui lui dictaient de grands battements d'ailes, ce qui accélérait la saignée, et elle devenait inerte en moins de deux minutes.

Toute chaude, elle se plumait toute seule, à grandes poignées de plumes qui partaient dans le vent avec les feuilles des merisiers qui poussaient derrière le poulailler. Maintenant, c'était le moment de lui couper la tête, de lui ouvrir le ventre pour la débarrasser de ses entrailles, tout en gardant le foie, le cœur et le gésier. Le reste était enfoui sur place, à trente centimètres de profondeur tout au moins, pour ne pas offrir d'invitation à compère Renard.

La poule passait alors deux ou trois jours accrochée à une solive du hangar, c'est-à-dire du jeudi au dimanche, alors que maman se mettait à l'œuvre dès après la grand-messe. Il fallait aller déterrer quelques oignons au potager, et choisir un beau gros chou, un des derniers cadeaux de l'automne, rendu croquant par les premières gelées bénignes.

Dans un chaudron de fer, maman faisait fondre des lardons, sur lesquels elle jetait généreusement les oignons et le chou, hachés sans trop de finesse. Les légumes devaient fondre à petit feu jusqu'à en devenir presque transparents, mais sans jamais brunir. Pendant ce temps, il fallait s'occuper de la poule, la passer au-dessus d'une chandelle pour brûler le duvet et les chicots de grosses plumes qui restaient généralement sur les pattes, les ailes et le croupion. Venait ensuite le découpage et ce n'était pas une mince tâche. Nous étions huit à table. De toutes petites filles, des garçons grandissants, des ados voraces et deux adultes qui tenaient bonne fourchette, de sorte que la poule n'était jamais découpée en huit, mais en une douzaine de pièces ou plus si le miracle s'avérait possible.

Il fallait maintenant vider les légumes dans un grand plat tout en laissant la graisse des lardons dans la marmite, et les morceaux de la poule y étaient mis à griller, à grésiller, d'un bord puis de l'autre, jusqu'à brunissement appétissant. Cela fait, les morceaux de viande quittaient la marmite à leur tour pour faire place à la moitié des légumes. Sur ce lit onctueux, maman déposait les précieux morceaux de poule et les enterrait sous le reste des légumes. Avec un verre d'eau, le tout était mis à feu vif pour quelques minutes, et ensuite enfourné à feu paresseux pour le restant de l'après-midi.

Nous avions déjeuné tard, et abondamment, après la messe, et maintenant la famille se débandait. Papa s'installait probablement à sa machine à écrire pour *La Tribune* du lendemain. Maman lisait peut-être un livre de recettes pour préparer son dessert, ou alors elle rédigeait son courrier du cœur pour le même journal et disait presque toujours : «Les enfants, je n'ai que des questions ennuyeuses. Demandez-moi donc quelque chose de drôle.»

Et Georges d'y aller : «J'aime beaucoup mon ami, qui m'aime lui aussi, mais il se moque de moi parce que j'ai de petits seins. Y a-t-il des moyens de les faire grossir?»

Maman fouillait alors dans la maigre documentation que lui avait fournie le journal, pour finalement conseiller à la dame de se les frotter avec un demi-citron deux fois par jour. Comme presse-citron, on a sans doute déjà vu plus rigide.

Louis, excellent troisième but qui se prenait plutôt pour un bon lanceur, avait probablement une partie de baseball au parc Dufresne. Pierre et Georges s'en allaient peut-être au golf, à moins que Pierre n'ait une dissertation à finir, en faisant tourner inlassablement le *Divertimento en mi bémol majeur* K. 563, de Mozart. Claire et Louise allaient jouer avec Carole, une voisine de leur âge, et moi, je prenais le bord du bois pour voir ce qu'il y avait à voir, juste au moment où la maison commençait à se parfumer d'une certaine odeur.

Même brillants, les après-midi d'octobre peuvent être crus, et quand chacun rentrait à la maison, il y trouvait, mêlé à la chaleur des lieux, un fumet qui rendait le refuge plus accueillant encore. Tandis que maman achevait la préparation du repas, ma tâche consistait à mettre la table. Ce n'était pas du zèle. J'étais toujours affamé et je détestais manger tard. Pierre, lui, était le maître des pommes de terre purée. Il y mettait une admirable proportion de beurre, de lait, de sel, de poivre, et quand venait le jour de la poule aux choux, il y égrenait une ou deux tiges de sarriette séchée.

Déposée dans un grand plat sur son lit de légumes, avec la saucière qui faisait le tour de la table en compagnie d'un bol de confiture d'atocas, la poule aux choux faisait sans doute les plus beaux dimanches de mon adolescence.

* * *

Jeune marié, je fis du journalisme, puis, fort d'une maigre bourse, je m'installai pendant quelques années à Cap-aux-Oies, un hameau de Charlevoix qui s'avance loin au-dessus de la mer pour ensuite y plonger brusquement le nez.

À cent pas de la maison, au pied de la falaise, il y avait une jolie grange avec un fenil en encorbellement, malheureusement fort délabrée, et, un peu plus bas, au bout d'une rangée d'érables, poussaient un bosquet de cenelliers ainsi qu'un beau sorbier, plutôt appelé maskouabina par les gens de l'endroit.

Or, un jour que j'étais allé chercher du lait chez les Perron et que je remontais la côte au crépuscule, je vis quelques perdrix festoyer parmi les généreuses offrandes automnales de cenelles et de sorbes. Oui, oui, je sais que nous n'avons pas de perdrix au Canada. Ce sont des gélinottes huppées. Nous n'avons pas non plus de fauvettes; ce sont des parulines. Nous n'avons même pas de têtes de linotte; ce ne sont que des imbéciles.

Jeannot Perron nous avait même montré comment prendre les gélinottes au collet en les attirant avec des cenelles. Mon fils Martin, cinq ans, en avait fait un beau dessin, daté de novembre 1968, et je viens de le lui remettre pour Noël. Je n'essayai jamais ce stratagème car, malheureusement pour ces gélinottes, il y avait au fenil un panneau qui s'ouvrait de l'intérieur, pour engranger le foin évidemment, et il donnait directement sur la scène que j'avais entrevue avec un si tant bel intérêt.

Le lendemain, j'allai m'asseoir confortablement dans le fenil, à panneau ouvert, bien sûr, et avec mon douze à la main.

Bientôt, il en vint deux et la gâchette me démangeait, mais j'en vis arriver une troisième, puis deux autres, et une autre encore. J'allais tirer quand deux autres se présentèrent. Ne me retenant plus, je tirai et j'en vis quatre tomber comme des cailloux tandis que les autres disparaissaient dans un silence brisé seulement par le froufrou de leur vol. Je fermai le panneau et descendis par l'échelle intérieure pour aller cueillir mon butin. Je n'étais pas peu fier de moi, mais j'avais un peu honte aussi, et je n'ai jamais plus chassé depuis.

Nous avions invité Suzanne et Pierre à souper le samedi suivant, mais j'ignorais alors le festin que je leur réservais. La perdrix aux choux est certainement un classique de la cuisine européenne, et la gastronomie ne s'embarrasse pas de ce que ce soit plutôt une gélinotte, à tel point qu'on hésite longtemps à la servir autrement, à moins que l'on ne dispose de réserves renouvelables, ce qui n'allait pas être mon cas.

Le samedi en question, je retournai chez les Perron pour me prendre un gros chou. Délicatement, j'enlevai les huit premières feuilles, et je hachai le reste avec des oignons. Les petits lardons furent les premiers au fond de la marmite; les oignons et le chou suivirent de peu, et je laissai fondre le tout quelque part au milieu du poêle à bois, tandis que je farcissais les perdrix avec du pain, des oignons, des noix, des pommes et… des cenelles. J'enveloppai ensuite chaque oiseau dans deux grandes feuilles de chou; je les déposai sur les légumes attendris; je ramenai la marmite au plus fort du feu et j'y versai un bon verre de calvados. Dès que cela se mit à chanter, je repoussai l'appareil au bout du poêle, sur le rond de moindre chaleur, et je l'oubliai pour la journée, si tant est qu'on puisse oublier un fumet d'une telle sapidité, parmi les menues occupations d'une journée. Sort-on chercher une brassée de bois au hangar? L'air vif vous rince les poumons, mais à peine est-on rentré qu'un parfum insidieux vous titille les papilles et c'est comme ça à travers toutes les allées et venues du quotidien.

Je n'en avais jamais mangé et je n'en mangerai sans doute plus jamais, mais, doux Jésus, que c'était bon!

* * *

On ne vit pas de souvenirs, moi moins que quiconque, même si j'en parle, et je reviens à la poule aux choux dès que septembre se met à jouer avec la couleur des feuilles dans des tons aux variantes exquises.

Revenu en ville, à Québec, puis à Longueuil, puis à Montréal, je me mis à fréquenter la campagne, toutes les campagnes, au lieu de n'en habiter qu'une seule en permanence. Et le long des petites routes poudreuses de Valcartier ou de Portneuf, de Bolton ou de Hatley, je redécouvris le pimbina, et un autre délice de l'automne, la gelée de pimbina. Le pimbina, nom amérindien d'une viorne, est un arbuste de quelques mètres dont les baies d'un rouge vif deviennent translucides après les premières gelées. C'est aussi un nom de lieu, quelque part dans l'Ouest canadien, et je crois qu'il figure également dans le titre d'un ouvrage de Lionel Groulx, mais voilà une bibliographie que je ne me farcirai point.

L'arbuste en fruits est magnifique, avec ses grappes généreuses qui font ployer ses branches. Il ressemble à l'automne lui-même dans ce qu'il peut offrir de plus chaleureux, de plus translucide en fait de lumière. Le pimbina poussait abondamment au pays de mon enfance, mais nous n'en faisions pas de cas. Seul le père Hubbard disait que les fruits donnaient une belle gelée, mais son Emma n'en faisait jamais, que je sache.

Or, je me mis à en cueillir le long des routes et à en faire de la gelée, *mutatis mutandis*, selon les indications données par les livres de recettes pour les autres petits fruits.

Il y a un hic à la chose : la cuisson de la gelée de pimbina répand une odeur du diable. Une fois que j'en cueillais de pleins paniers avec Georges sur les talus de pierres qui bordaient sa terre de Saint-Élie, des voisines nous taquinèrent en passant : «Ça va sentir bon chez vous tantôt!» Une autre fois que j'en faisais une grande chaudronnée, ma locataire du dessus me téléphona pour me demander ce que je pouvais fabriquer d'aussi puant.

Par bonheur, la gelée de pimbina ne goûte pas ce qu'elle sent à la cuisson, et je n'ai jamais rien trouvé d'aussi aimable pour accompagner la poule aux choux.

Quand septembre revient, le même virus l'accompagne toujours : la poule aux choux, les pommes purée et la gelée de pimbina, qui réunissent dans ma cuisine et dans mon assiette la beauté, la bonté et la générosité de l'automne.

Après ces voluptés, l'hiver peut s'amener sans m'assombrir du moindre regret, car la poule aux choux reviendra sur la table à l'occasion pour ragaillardir les longues soirées sombres.

Au Met

Ta vulve est l'ouverture de toutes sortes d'opéras
Quand ma baguette te fait chanter.

At the Met

Your cunt is an overture to all kinds of operas
When my baton makes you sing.

Pique-nique II

Le canton de Potton est assis sur la frontière américaine par 45° 05' de latitude Nord et 72° 22' de longitude Ouest, entre le lac Memphrémagog et le canton de Sutton, et il recèle de multiples énigmes parmi des paysages d'une grande élégance, qui sont, dirais-je, d'une paisible et reposante austérité dans un relief aussi subitement doux que sévère. De Montréal, on peut y accéder par la passe de Bolton, une simple merveille qui relie Knowlton à South Bolton, ou encore par Eastman, depuis l'autoroute des Cantons-de-l'Est jusqu'au village de Highwater, sur la frontière américaine. Mais pour bien voir Potton, il faut se hasarder dans les petites routes comme le chemin Schoolcraft, où l'on a devant soi toute la vallée de la Missisquoi au pied de l'imposante barrière des monts Sutton. À l'inverse, si l'on s'aventure dans les collines qui bordent la chaîne des Sutton à l'est, on redécouvre la même vallée avec un nouveau rideau de scène, les monts Bear, Owl's Head, Sugar Loaf, Hog's Back, du Pevee, Becky, mais avec le mont Becky on est déjà dans un autre monde, le canton de Bolton, qui coiffe celui de Potton.

Les mystères de Potton, car c'en sont, ont été largement répandus par Gérard Leduc, fondateur de l'Association du patrimoine de Potton, universitaire à la retraite, chercheur infatigable mais souvent porté à des hypothèses hâtives, comme celle d'une occupation européenne précolombienne du continent nord-américain, occupation démontrée par la présence ici et là de pierres gravées dont l'écriture présente des similarités avec celle des inscriptions celtiques du Vᵉ siècle.

Robert Bilodeau et Pierre-Jacques Ratio, de la Société de recherche et diffusion ARCHEOBEC, ont ce commentaire sur le sujet dans la *Revue d'études des Cantons-de-l'Est*[1] : «La thèse d'une occupation précolombienne dans les Cantons-de-l'Est a été développée par G. Leduc (A. Rajan, 1989 : "Sermons in stone", *Concordia University Magazine*, september 1989, p. 10-12; G. Leduc, 1991 : "Potton on the rock : Towards a new archeology of the Eastern Townships", *Yesterdays of Brome County*, vol 8, p. 147-156). Sans le support de données objectives, cette interprétation à caractère sensationnaliste a toutefois été largement véhiculée par différents médias régionaux et nationaux [...]»

Deux sites retiennent tout particulièrement l'attention : le site Jones, à Vale Perkins, où des pétroglyphes strient abondamment les affleurements rocheux d'un pâturage, à un peu plus d'un kilomètre du lac Memphrémagog, et le site White, plus à l'ouest, sur le chemin du même nom, dans les collines qui forment le piémont du massif de Sutton, et qui, lui, se distingue par des murailles de pierres imposantes et par des cairns toujours coiffés d'un bloc de quartz blanc.

Trouvez l'explication, mais, à défaut d'en trouver, ne soyez pas trop tenté d'en inventer.

— Oui, mais ce pique-nique?

Par ce samedi d'avril, Gérard Leduc avait organisé une sortie de groupe commentée, et c'était plutôt agréable de retrouver sur le site Jones une cinquantaine de curieux attentifs aux hypothèses du guide sur les pierres gravées. J'avais invité mes amis Monic et Jacques, ainsi que le vrai Gilles Archambault, peintre, illustrateur, homme heureux et intéressant.

1. Robert Bilodeau et Pierre-Jacques Ratio, *Revue d'études des Cantons-de-l'Est*, nᵒ 6, printemps 1995, université Bishop's, Lennoxville, Québec.

J'avais déjà visité le site plusieurs fois et j'avais lu à peu près tout ce qui s'était écrit sur le sujet. Au-delà des hypothèses les plus farfelues, la seule certitude des gens sérieux, géologues surtout, c'est qu'il s'agissait bel et bien d'un effet de l'activité humaine et non de stries glaciaires.

Le site Jones se situe justement à la hauteur des terres entre le bassin de la rivière Saint-François, par le lac Memphrémagog, le bassin du Richelieu, par la rivière Missisquoi, et le bassin de la Yamaska, par les ruisseaux qui, du haut de la passe de Bolton, s'écoulent dans le lac Brome. Ces trois rivières étaient trois routes importantes pour les Amérindiens qui voulaient atteindre le Saint-Laurent ou en revenir. Pour le passage et le portage d'un bassin à un autre, le site Jones, d'apparence si insignifiante aujourd'hui, était peut-être pour eux ce que sont pour nous les ronds-points de nos autoroutes, sauf qu'ils avaient le temps de s'y arrêter un moment, histoire de reprendre leur souffle, de laisser des indications d'itinéraire, de simples marques de passage ou — qui sait? — des graffiti comme dans les latrines des gares. Mais ce n'est là qu'une hypothèse parmi d'autres, et d'aucuns y voient plutôt des alignements saisonniers et célestes, comme à Stonehenge.

Peut-être aussi que les gars de passage barbouillaient la pierre en téléphonant à leurs blondes!

— Et ce pique-nique, alors?

À quelques centaines de mètres du site, le ruisseau de Vale Perkins déboule à vive allure et on y trouve les ruines d'un ancien moulin dont on peut se demander comment ses constructeurs ont pu manipuler des pierres aussi colossales. La réponse est simple : il fallait une force humaine considérable, et une autre force humaine pour nourrir ces bâtisseurs. L'archéologue norvégien Thor Heyerdahl a démontré que les colosses de l'île de Pâques avaient été dressés de main d'homme, avec des perches et des cailloux. Malheureusement, à Vale Perkins, la végétation a repris ses droits en effaçant la plupart des traces significatives, et les archives sont muettes sur le sujet.

Même chose pour les murets et les cairns du site White. Quand, pourquoi et comment? Là encore, à défaut de certitudes, les hypothèses foisonnent.

Comme la visite commentée des pétroglyphes s'étirait un peu au-delà de ma patience, j'entraînai mes amis vers les ruines du moulin, ruines vraiment imposantes, et ensuite au site White, à une dizaine de kilomètres plus loin.

— Pour le pique-nique, sans doute?

— Oui, mais pas tout de suite.

Il faut visiter le site White avant ou après la feuillaison. Cette troisième semaine d'avril s'avéra idéale. Laissant nos automobiles au bord de la route, nous remontâmes l'ancien sentier protégé ici et là par des murets effondrés dont l'existence reste inexpliquée, et pour un bon moment encore, semble-t-il.

Quand on imagine une activité humaine précolombienne en Amérique, on a mille fois raison. On a trouvé à Coteau-du-Lac des ossements aussi anciens que la grande pyramide de Khéops. Mais on n'a pas trouvé de pyramide. La présence humaine amérindienne suit presque immédiatement la fin de la grande glaciation, il y a douze mille ans.

Mais quand on imagine une présence «européenne» précolombienne en Amérique, les indices sont plus minces, d'où les tentations de l'imagination. Les sagas islandaises et les recherches archéologiques ont démontré sans équivoque une présence scandinave sur les rivages américains de l'Atlantique Nord dès l'an 1 000, ce qui est déjà très précolombien (1492). Pour le reste, on n'en sait à peu près rien, et les théories ne sont que plus envoûtantes. J'ai une amie qui voit la trace des Templiers partout le long du Saint-Laurent, y compris à Montréal, où ils auraient construit le fort de la Montagne, qu'occupèrent ensuite les sulpiciens quand Chomedey de Maisonneuve fonda Ville-Marie…

Quand Jacques-Cartier s'amena en 1534, quarante-deux ans seulement après Christophe Colomb, il est certain que les Basques pêchaient déjà la baleine depuis au moins un siècle dans le golfe du Saint-Laurent.

On sait aussi que le Moyen Âge, parfois daté de 476 à 1453, soit presque mille ans, fut une période d'un certain obscurantisme. L'Europe cultivée parle de l'Asie à cause de Marco Polo. Elle connaît le Moyen-Orient et le nord de l'Afrique. Mais sur l'Amérique, le gros de l'Afrique, l'Australie, rien.

Quand on regarde la réplique de la *Grande Hermine* dans le parc Jacques-Cartier, à Québec, on trouve le navigateur chanceux d'avoir pu traverser l'Atlantique avec cette grosse chaloupe et il est bien difficile de croire que plusieurs soient venus avant lui.

— Même pas en pique-nique?

De nos visiteurs d'antan, on ne connaît que ceux qui ont laissé des récits de voyages. Des récits précolombiens, il n'y en a pas des tonnes, et il est difficile de croire que des Celtes, qui auraient eu la technologie nécessaire pour traverser l'Atlantique, n'aient laissé que des graffiti sur la pierre, des murets, des pierres alignées sur les astres et des cairns ornés d'un quartz. Le moins qu'on puisse dire, c'est que les Celtes ont laissé des vestiges autrement sérieux en Irlande, en Écosse, au pays de Galles et en Bretagne.

Mais pour revenir au pique-nique, un des endroits les plus intéressants de Potton, c'était le site de tir expérimental aménagé par Gerald Bull pour satelliser des objets à coups de canon[1]. Là, nous n'étions pas dans les méandres de la préhistoire mais dans les débris d'un rêve futuriste qui se réalisera bientôt. Après bien des mésaventures judiciaires, ce grand savant s'expatria en Belgique, où il fut assassiné par les services secrets israéliens, avec la bénédiction de Washington,

---

1. Voir «Jacques III» dans *Lise et les trois Jacques*, du même auteur, chez le même éditeur.

parce qu'il avait des contrats avec l'Irak de Saddam Hussein. Son terrain d'expérimentation, abandonné, contenait quantité de choses intéressantes : un immense canon sur un affût, d'autres canons de bonnes dimensions gisant dans les framboisiers, des baraques crevées où des bleus d'ingénieur traînaient épars sur les planchers, des obus et des boîtes, vides, de poudre à canon.

— Tout un pique-nique !

Justement, j'en ramenai cinq chez moi. Quatre pour me faire des jardinières, et la cinquième est ma boîte de pique-nique.

Quand Gilles vint me prendre à la maison, il fut tout étonné de voir cette boîte et me demanda ce que je traînais là.

— Mais le pique-nique, voyons !

Je crus qu'il allait s'évanouir. Non seulement j'en avais pour lui, mais j'en avais pour dix, alors que lui, frugal, modeste et non averti, s'était apporté un sandwich. Nous eûmes toutes les misères du monde à entrer la caisse dans le coffre de sa voiture, déjà pleine de trépieds, de chevalets, de bâches, de sacs et de tout le fourbis d'un peintre qui est également photographe.

Le pire, c'est que Monic avait fait de même à Saint-Hyacinthe.

Ce pique-nique fut une leçon de choses et une grande rigolade.

Après la visite au rocher des pétroglyphes et au vieux moulin, nous arrivâmes au site White, en terrain parfaitement sec. Nous savions tout de même que les bottes de caoutchouc étaient de rigueur car, à mi-chemin du sentier, nous nous mîmes à patauger dans la boue et, arrivés à la hauteur des cairns, nous avions de la neige jusqu'aux genoux.

Les bagages comestibles furent dissimulés dans une érablière abandonnée et nous fîmes l'ascension de la colline dans le bavardage le plus insolite qui soit. Forts de toutes les théories en cours, nous nous mîmes à en inventer de nouvelles. Quelqu'un avait couché cet arbre mort dans la direction du solstice d'hiver; un certain alignement de pierres indiquait la direction d'un McDonald's à Sutton, sur l'autre versant du massif; des stries sur les pierres menaient vers un trésor enfoui sous un cairn, et ainsi de suite. Les cairns eux-mêmes donnèrent lieu aux plus folles explications. C'était l'endroit où les bûcherons avaient caché leur sandwich pour le retrouver en revenant de la montagne.

Jacques avait une théorie toute spéciale, à laquelle il croit encore, je pense. Ces cairns étaient des parapets construits par les milices canadiennes pour s'y embusquer lors des incursions américaines du dix-neuvième siècle, et particulièrement lors de l'incursion des Fénians. Malheureusement, l'histoire ne parle d'aucune escarmouche dans ces collines. Mille autres signes indiquaient les phases de la lune, les menstruations de la femme, la période des semences, des récoltes, et quoi encore…?

Nous étions à bout d'imagination quand nous revînmes trouver nos propres trésors. Monic et moi nous chicanons encore pour savoir lequel de nous deux avait apporté la nappe à carreaux. Quoi qu'il en soit, elle fut étendue sur les feuilles mortes et c'est à peine si elle pouvait accommoder toutes les victuailles apportées. Rien de très cuisiné, à part les cretons, la mousse de jarret de veau, le pain aux bananes et le gâteau aux mandarines, mais des boules de melon au prosciuto, des tranches de jambon roulées et farcies de fromage à la crème, de persil et d'échalotes, du saumon fumé, de la crème sûre et des bagels, du salami tranché fin, une salade de pommes de terre, des olives, des radis, des croustilles, des craquelins, un bleu, un brie et du bon pain.

Quant au vin, Jacques ne l'oublie jamais, et je crois bien qu'aucun vin n'oublie Jacques.

À vrai dire, nous nous attendions à être six ou sept, mais plusieurs étaient partis tôt vers d'autres obligations, alors que nous avions toute notre journée.

J'ai dit que nous mangions dans une érablière abandonnée et que la table était mise sur les feuilles mortes de l'automne précédent. Mais de pareils seigneurs n'allaient pas s'asseoir le cul sur le terreau encore humide. Qu'à cela ne tienne ! Des seaux d'eau d'érable traînaient un peu partout et il n'en fallut que quatre, aux quatre coins de la nappe, pour que nous partagions un repas et des conversations savoureuses.

Nous ne causions pas toujours très sérieusement, mais tout de même avec une émotion non dissimulée devant tous ces mystères qui sont la signature de l'homme et que l'homme n'arrive plus à résoudre, alors qu'il tripatouille les atomes et les gènes à sa guise, prêt à nous transformer tous en étoiles filantes ou en clones d'agneaux.

À défaut de comprendre, on peut toujours faire un pique-nique.

À Ben Jonson

À Ben Jonson[1]

Oh ! Baise-moi seulement avec tes yeux
Et je te sucerai avec les miens.
Ou frotte ta croupe contre ma hanche
Et je ne serai pas gênée de soupirer.
La pulsion qui excite ma vulve
Mérite un chaleureux enlacement.
Pardonne la franchise de mes lèvres
Et laisse-les rencontrer les tiennes.

Tu viens de m'offrir une viande rosée
Pour une chatte adorée
En lui donnant l'espoir que là
Elle pourrait survivre dans moi.
Maintenant, hélas ! je dois malmener
Le morceau qui t'es si tendre
Car lorsqu'il grandit et grossit
Je ne réponds plus de moi, mais de toi.

---

1. Poète anglais du XVIIᵉ siècle, auteur de
Chanson. À Celia.

Bois à ma santé avec tes yeux
Et je te répondrai avec les miens
Ou laisse seulement un baiser dans la
coupe
Et je ne réclamerai pas de vin
La soif qui monte de l'âme
Exige un breuvage divin.
Mais goûterais-je au nectar de Jupiter
Je préférerais encore le tien

Je viens de t'envoyer une guirlande de
roses
Non pas tant pour t'honorer
Que pour leur donner l'espoir
Chez toi de ne point se faner
Mais tu les as à peine respirées
Avant de me les retourner
Depuis, quand elles s'ouvrent et embau-
ment
C'est non de leur parfum mais du tien

(Traduction J.O'N.)

To Ben Jonson[1]

Oh! Fuck me only with thine eyes
And I will suck you with mine.
Or graze your butt against my hips
And I'll not shame to whine.
The throb that doth from my cunt rise
Deserves a hearty twine
Forgive the frankness of my lips
And let them meet with thine.

You sent me late a rosy meat
For a beloved pussy.
As giving it a hope that there
It could survive with me.
But now, alas! I have to beat
The morsel tender to thee,
Since when it grows and swells, I swear
Not to myself but thee.

---

1. *Song. To Celia*

Drinke to me, onely, with thine eyes,
And I will pledge with mine;
Or leave a kisse but in the cup,
And Ile not looke for wine.
The thirst, that from the soule doth rise,
Doth aske a drinke divine:
But might I of Jove's Nectar sup,
I would not change for thine.

I sent thee, late, a rosie wreath,
Not so much honoring thee,
As giving it a hope, that there
It could not withered bee.
But thou thereon did'st onely breath,
And sent'st it backe to mee:
Since when it growes, and smells, I sweare,
Not of it selfe, but thee.

197

Hot-dogs! Hot-dogs!

Le hot-dog n'est-il pas omniprésent dans notre vie nord-américaine?

D'où vient-il?

Il est probablement arrivé aux États-Unis dans la dernière moitié du siècle dernier, gracieuseté d'un immigrant allemand qui aurait introduit une saucisse de Francfort dans un bout de pain pour sa collation et celle des autres.

Pourquoi pas?

On sait que l'Allemagne est encore aujourd'hui le royaume de toutes les saucisses, saucissons, etc. Le nom original de *frankfurter*, le «francfortois», expliquerait sa provenance, comme celui de *hamburger* ferait référence à la gastronomie de Hambourg, d'où le «hambourgeois» de l'Office de la langue française.

L'écrivain américain Henry L. Mencken, grand critique des mœurs de ses compatriotes, racontait ceci:

«J'ai dévoré des hot-dogs à Baltimore dès 1886 et ils étaient loin d'être une nouveauté... Ils contenaient la même pseudo-saucisse caoutchouteuse et indigeste que des millions d'Américains mangent maintenant, jutant la même moutarde dégoulinante et puérile. La différence, c'est qu'ils étaient recouverts d'un honnête *Wecke* allemand, à la farine de blé entier, et croustillant, au lieu des pains détrempés qui prévalent aujourd'hui, à base de glands moulus, de plâtre de Paris, de morceaux d'éponge et d'air atmosphérique compacté[1].»

La rapide popularité du hot-dog dans toute l'Amérique est probablement due à l'expansion des sports professionnels et commerciaux, et tout particulièrement à celle du baseball.

La même source raconte qu'un certain Antoine Feuchwanger, un Bavarois, l'aurait introduit à Saint Louis dès 1880, et que le nom de *hot dog* viendrait de Harry M. Stevens, un concessionnaire du Polo Grounds, à New York, qui recommandait à ses vendeurs de parcourir les estrades en criant : «*Red hots! Red hots!*», «Tout chauds! Tout chauds!»

Et l'on ajoute enfin que le «*dog*», ou le «chien» en question, serait venu d'une caricature de Ted Dorgan qui comparait la saucisse à un basset allemand. La saucisse qui flotte sur un lit d'oignons et d'achards rappelle assez, en effet, les vers d'Arthur Rimbaud :

> *Toujours les végétaux Français,*
> *Hargneux, phtisiques, ridicules,*
> *Où le ventre des chiens bassets*
> *Navigue en paix, aux crépuscules[2] ;*

Toujours est-il que le Polo Grounds était alors le stade des Giants de New York et qu'il le fut jusqu'à leur déménagement à San Francisco en 1958.

Après le baseball, le hot-dog a suivi les fortunes diverses du hockey et du basketball, jusqu'à devenir le plus ancien fleuron, et probablement le plus lucratif, de la si détestable industrie du fast-food, sa fortune tenant au fait qu'on n'a jamais rien inventé de plus facile à concocter et à manger, dans le domaine du casse-croûte instantané chaud.

---

1. Cité dans *The American Heritage Cookbook*, American Heritage Publishing Co. Inc., Simon and Shuster Inc., 1964, p. 495. (Traduction J.O'N.)
2. Arthur Rimbaud, «Ce qu'on dit au poète à propos de fleurs».

Cela dit, j'avoue que j'ai un faible pour le hot-dog, probablement parce que je m'en farcis assez rarement, bien que je sois plutôt curieux du folklore qui entoure sa réputation.

«Le Forum de Montréal offre les meilleurs hot-dogs de toute la Ligue nationale», disait-on à l'époque.

Je succombai d'emblée à la tentation les quelques fois où j'y fus invité — car je ne me souviens pas d'avoir payé mon entrée au Forum, sauf pour un match de boxe où il n'y avait pas place pour les hot-dogs entre les rounds — et je les ai trouvés mangeables sans plus, ne pouvant évidemment pas établir de comparaison avec ceux des autres amphithéâtres d'Amérique du Nord.

D'aucuns prétendaient qu'ils étaient meilleurs au Stade olympique et j'y ai goûté là aussi, mais à des intervalles tellement grands, entre mes visites au Forum, que le verdict me fut encore impossible.

Encore dois-je dire que j'y ai goûté un soir où une amie m'avait invité au stade pour un match de baseball, sachant que j'appréciais les stratégies et les exploits individuels de ce sport. Quant à elle, ignorante de toutes ces valeurs inutiles, elle avait apporté un livre de Simone de Beauvoir et elle était très absorbée dans sa lecture au moment où le stade se leva comme un seul homme pour voir Tim Raines voler le cinq-centième but de sa carrière.

— Que se passe-t-il? me demanda-t-elle, effarée.

— Tim Raines vient de voler le deuxième but!

— Pourquoi a-t-il fait ça?

— Continue de lire, chérie!

Sauf que le stade explosa de nouveau quand Ellis Valentine claqua un circuit en envoyant la balle derrière la clôture du champ centre, et, sur le chemin du retour à la maison, je mijotai ce petit sonnet:

Ellis le bel Ellis vient d'en claquer un vrai
Quatre cents pieds du marbre Une affaire de rien
Il est resté planté pour la suivre de loin
Et le plaisir de voir où elle tomberait

Maintenant il trottine autour des trois coussins
Ils sont soixante mille à crier à peu près
Ellis le bel Ellis croise en faisant son frais
Carter et Cromartie lui tapent dans les mains

Et le héros enfin termine sa parade
Mais l'ovation culmine et remplit tout le stade
Ellis le bel Ellis moqueur et d'un air rogue

Gagne l'abri des joueurs parmi les accolades
Puis le calme revient avec le monologue
Du vendeur qui passe en criant Hot-dogs Hot-dogs[1] !

Avant de prétendre que les hot-dogs sont meilleurs au Stade olympique qu'ailleurs, il importe de glisser ici une rumeur voulant que l'ex-propriétaire du club de baseball des Expos de Montréal, M. Charles Bronfman, envoyait parfois son chauffeur, en limousine, lui acheter des hot-dogs, le midi, au *Montreal Pool Room*, boulevard Saint-Laurent, un établissement qui avait une réputation extraordinaire et où je me suis d'ailleurs pointé le nez à une occasion. Je n'ai pas trop apprécié l'expérience car il fallait manger debout à un petit comptoir, face au mur, et parmi une faune assez dense que je ne méprise pas mais que je connais plutôt mal et dont je me méfiais un tant soit peu, faute de la fréquenter plus souvent.

J'ignore ce qu'est devenu le *Montreal Pool Room*, car je ne le retrouve plus dans l'annuaire téléphonique et mes promenades ne passent plus souvent par là. Peut-être a-t-il

---

1. Jean O'Neil, «Baseball», *Montréal by Foot*, Éditions du Ginko, Montréal, 1983.

disparu avec la Charte de la langue française ou encore avec le mouvement, lent mais irréversible, qui transporte les bas-fonds, succulents et truculents, d'un secteur à l'autre de la métropole.

Chose certaine, je suis totalement incapable de m'adapter aux variantes qui entourent les multiples présentations du hot-dog dans l'évolution de notre boulimie collective.

À la ligne de moutarde originale se sont en effet ajoutés peu à peu les achards, mieux connus ici sous le nom de *relish*, que l'on met au féminin pour empirer les choses. Vinrent ensuite les oignons hachés, crus ou cuits, le ketchup et, finalement, la salade de chou.

Qu'attend-on pour leur ajouter des fèves au lard?

Les malins racontent qu'aux jardins du Ritz on commande des quenelles de bœuf sur jardinière, dans leur brioche vapeur, et avec leurs trois coulis.

Et je ne suis pas du tout certain d'être à la fine pointe de la gastronomie francfortaise.

Ce que je sais pour sûr, c'est qu'en ce domaine, comme en plusieurs autres, nul n'est jamais si bien servi que par soi-même, et qu'il ne faut surtout pas laisser serveurs et serveuses gâcher son casse-croûte par une inondation de coulis divers, qu'ils déversent à la louche, sans la moindre précaution, tout attentifs qu'ils sont à la commande du client suivant, qui vous pousse déjà vers la caisse.

Non. À l'amphithéâtre, au stade ou au parc, mieux vaut choisir les stands où l'on se contente de servir le pain et la saucisse, laissant chacun libre d'ajouter au menu en choisissant les compléments disponibles dans les baquets à côté du comptoir principal.

Sauf que les meilleurs hot-dogs se font à la maison, avec un problème aigu, toutefois : grillés ou à la vapeur?

«À la vapeur»? Même cette appellation mérite son commentaire : on dit «stimés» (*steamed*) dans les chaumières.

Grillé ou «stimé», l'un fait toujours regretter l'autre et mieux vaut y aller de l'un et de l'autre.

Autre problème : il ne faut jamais trop s'attarder aux informations écrites sur l'emballage des saucisses, sinon personne n'en mangerait en aucun temps. Un exemple textuel entre vingt autres :

«Ingrédients : Peut contenir viandes séparées mécaniquement (dinde, poulet, porc), sous-produits de bœuf, porc, mouton, bœuf(sic); eau, amidons (blé, pomme de terre), sel, amidon de maïs modifié, protéine de soja, farine de blé modifié, phosphate de sodium, sucre, épices, acide érythorbique, nitrite de sodium, saveur de fumée, fumée.»

On n'ose trop s'interroger sur les sous-produits de bœuf, de porc et de mouton.

Autre avertissement occasionnel, et très important sans doute, selon l'usage que l'on veut faire de la saucisse : «Sans préservatif».

Petites suggestions pour oublier le tout :

Sur le pain chaud, fendu et bien ouvert, un peu de beurre ne gâte rien.

Un lit de laitue finement ciselée remplace avantageusement le chou.

Une marinade maison de concombres, d'oignons et de poivrons, en quantité très économique, remplace encore mieux tous les achards du monde.

Vient ensuite le basset, caressé sur toute sa longueur d'une ligne de moutarde, mais très fine.

L'échalote ou la ciboulette, finement hachées et saupoudrées sur le tout avec quelque largesse, sont infiniment plus subtiles que l'oignon.

La dégustation ne se fait pas nécessairement avec un verre de bière ou de cola, comme dans les amphithéâtres et les stades.

Un verre de blanc léger et bien frappé les remplace avantageusement.

Ou même un thé glacé.

Dans le vent

Dans le vent

Tu peux descendre la rue
Les mains dans tes poches.
Tu peux acheter une paire de jeans
Et la porter serrée sur tes hanches.
Tu peux dire bonjour au chauffeur d'autobus
Et, oui, laisser ton siège à cette femme enceinte.
Tu peux être tout sourire
Et le garder secret pendant des kilomètres
À condition de te rappeler
Que tu n'es qu'une fleur
Emportée dans le vent
Avec un peu de sperme dedans
Juste pour faire un bel enfant
En moi.

In the Wind

You can walk down the street
With your hands in your pockets.
You can buy a pair of jeans
And wear it tight over your hips.
You can say hello to the bus driver
And do give your seat to a pregnant woman.
You can be all smiles
And keep it secret for miles
Provided that you remember
That you are but a flower
Blown in the wind
With a little sperm into it
Worth a blooming baby
Into me.

Le poisson

Suzanne rit de moi parce que je mange du poisson au petit déjeuner, et s'il n'en tient qu'à moi, elle rira longtemps.

Peut-être faut-il devenir ermite et se lever entre quatre et cinq heures pour petit-déjeuner comme un chrétien responsable de sa journée.

Le businessman n'a pas le temps. Il s'est couché trop tard et il y a trop d'ouvrage qui l'attend au bureau. Une rôtie, un café peut-être. Un bol de céréales, si le médecin l'a prévenu que les troubles cardiaques étaient imminents. Parfois rien. Ce sera plutôt un café et un muffin pelletés au comptoir du rez-de-chaussée avant de monter au seizième étage de la tour, où le répondeur téléphonique, le télécopieur et l'ordinateur n'ont pas dormi de la nuit.

Il y a aussi les inconditionnels de l'œuf. Avec bacon, jambon ou saucisses, pommes rôties obligatoires, la tranche de tomate en plastique et parfois la tranche d'orange pour faire croire que tout cela est mangeable.

Si la femme reste à la maison, elle risque de n'avoir plus beaucoup faim après avoir fait manger tout son monde. Si elle travaille, elle passe par les mêmes chemins que l'homme.

L'ermite, lui, se réveille entre quatre et cinq heures, et, après avoir dit bonjour à tout ce qui est bon, comme le jour lui-même, encore caché dans la nuit, il ne se lèvera pas avant d'avoir décidé ce qu'il mangera au petit déjeuner.

Ni sans avoir dit bonjour au bon Dieu et à lui-même, qui ne sont souvent qu'un unique personnage.

Une pleine cafetière qui l'accompagnera pour la meilleure partie de l'avant-midi, c'est entendu d'avance. Des céréales sèches avec du lait et quelques fruits, le plus souvent des bananes, sauf en saison, quand les fraises, les framboises, les bleuets et les mûres viennent dire bonjour au réfrigérateur.

S'il n'y a plus de poisson, le problème est aïgu. Du poulet froid avec un peu de mayonnaise sur quelques tranches de laitue, peut-être. Ou un restant de rosbif, froid aussi, avec huile et moutarde. Une salade, toujours, à moins de la remplacer par une tomate à l'huile et au basilic, ou par du concombre à l'aneth et à la crème.

Mais le bonheur lui-même pour commencer la journée, c'est le poisson. Une belle friture d'éperlans avec un riz vapeur à l'oignon, aux tomates et aux poivrons, qu'on peut étirer jusqu'au fenouil, au céleri, à l'aubergine, et à l'ail, sans faute, cela met de la mine dans le crayon.

Une belle darne de flétan avec une pomme de terre bouillie et une sauce au beurre n'invalidera personne non plus. Surtout si on a la finesse de tailler les pommes de terre en petites boules, comme on fait parfois pour le melon.

Une belle assiette de saumon fumé passe mieux le matin que le midi ou le soir. On le couche sagement sur des feuilles de laitue Boston rouge et on le couvre avec modestie de quelques rondelles d'oignon. On ne néglige ni les câpres ni l'huile d'olive, et surtout pas le poivre.

Un œuf sur le plat chevauchant un filet de saumon grillé vaut également son pesant d'or. J'ai appris ça un matin où j'avais invité Lise à déjeuner aux jardins du Ritz.

J'avoue aussi une faiblesse pour la salade de thon, qui semble si banale et qui est proprement divine si on l'a laissée dormir toute la nuit. Il suffit d'égoutter une petite boîte de thon et d'en vider le contenu dans un grand bol. Que vienne maintenant le couteau à hacher, et finement : un oignon moyen, une demi-tomate en tranches minces, elles-mêmes découpées en morceaux, un quart de poivron vert et un quart de poivron rouge, six ou huit olives noires dénoyautées et coupées en six, une belle poignée de persil et une de coriandre. Bien mélanger le tout à la cuillère de bois, couvrir de deux cuillerées à table de câpres et d'un décilitre d'huile d'olive. Poivrer, saler, couvrir et oublier pour la nuit dans un endroit frais, mais pas au frigo si possible.

Saviez-vous que, même en été, le fourneau de la cuisinière est un endroit frais, surtout si on n'allume pas !

Quand on mange cela avec du bon pain au petit matin, on a l'impression d'avaler l'aube elle-même, à mesure qu'elle s'affirme dans la clarté du jour.

Je n'ai pas parlé de la morue et je m'en accuserai sur mon lit de mort. *Bacalhau à Gomes de Sa*, morue salée à la portugaise, avec un verre de *vino verde* ! Morue fumée, pochée dans du lait. Morue fraîche, passée dans l'œuf battu, la farine, l'œuf encore, de nouveau la farine, et enfin la poêle chaude, mais non brûlante. Morue au four, assaisonnée d'une giclée de citron, saupoudrée d'un rien d'estragon et entourée de haricots verts ou jaunes, de carottes jeunes et fines, de pommes de terre grelots, le tout avec plus de beurre que les diététiciens n'en veulent voir.

Mais là je ne parle plus vraiment de petit déjeuner, à moins qu'il ne s'agisse des restants de la veille.

Je n'ai pas parlé de la truite non plus. Le plus souvent, on fait frire la petite des ruisseaux, si plaisante à pêcher dans la fraîcheur des bois, dans les étangs au pied des chutes, quand les maringouins ne sont pas eux-mêmes en pique-nique dans vos culottes.

Elle est également délicieuse quand on la fait frémir sur un grand lit de menthe baignant dans un peu d'eau.

Pour la grosse, celle que Jacques me rapporte quand il va pêcher avec son ami André au lac de la Robe Noire, sur la Côte-Nord, je lui réserve le koulibiac, une préparation laborieuse mais combien gratifiante.

Cela se fait avec de la pâte à brioches ou de la pâte à choux.

À brioches, pour moi.

Il faut abaisser la pâte à 6 mm (1/4 de pouce) en un rectangle de 30 cm sur 20 cm. On badigeonne ce rectangle d'une bonne épaisseur de gruau de sarrasin cuit au bouillon de bœuf. Là-dessus, du saumon poché, légèrement émietté, avec du persil et de l'aneth tant qu'on en veut. Trois œufs durs tranchés viennent coiffer le saumon, et on badigeonne encore le tout de gruau de sarrasin. Il s'agit maintenant de fermer le paquet en rabattant les côtés par-dessus, de même que les bouts, pour former un pain bien fermé. On le renverse sur la table enfarinée, on le décore de chutes de pâtisserie, on le badigeonne d'un œuf battu et on découpe un trou-cheminée au milieu pour laisser échapper la vapeur. On laisse le pâté dans un endroit chaud pendant trente minutes afin de permettre à la pâte de reprendre son souffle, et l'on cuit à 180 °C (350 °F) pendant une trentaine de minutes, jusqu'à ce que la croûte soit d'un beau brun. Avec un entonnoir ou une petite cheminée en papier d'aluminium, on verse du beurre fondu dans le chef-d'œuvre et on le laisse reposer un moment.

Le pâté se sert plutôt tiède, avec de la crème sûre. Une salade de betteraves, un verre de vodka et vous voilà sur les bords de la Volga à peu de frais !

Parlant de frais, on me dit que manger doit me coûter cher. C'est faux. Je veux dire qu'il est toujours plus économique de manger à la maison qu'au restaurant si l'on sait choisir des choses ordinaires pour les rendre extraordinaires, et qu'il est également plus économique de manger que de boire.

Mais c'est de poisson qu'on parlait et j'en dirais des pages et des pages sur la raie au beurre, l'alose pochée, la sole, le turbot, les corégones farcis au pain, à l'oignon et aux fines herbes, le doré…

Ah ! le doré d'Irène, à la graine de sésame !

Et les pâtés, donc ! Qui n'a pas savouré un pâté au saumon enrichi de pommes de terre et d'oignons, doré et chaud, avec une marinade de concombres, de fruits ou de betteraves? Les pâtés à la morue ne sont pas moins divins. Et à la truite? Et aux éperlans?

Pour ces deux derniers, il suffit de tapisser d'une abaisse un moule allant au four. Un rang d'oignons tranchés, un rang de filets d'éperlan ou de truite, un rang de pommes de terre tranchées, et l'on continue jusqu'à ras bord. Chaque rang est légèrement assaisonné de sel, de poivre, de sarriette, voire de cerfeuil. Quand le plat n'en peut plus, on y ajoute un peu de bouillon de poulet, et une autre abaisse vient couvrir le tout. Cela ressemble à un mets de bois et c'en est un qui ajoute du nerf aux jarrets.

En ville, il rappelle d'agréables souvenirs.

Autre intérêt : contrairement à la viande, l'emballage nous dit toujours d'où vient le poisson. Éperlans de lac ou de mer, truite d'élevage avec indication de sa provenance, corégone des lacs nordiques, saumon de l'Atlantique ou du Pacifique, ouananiche du lac Saint-Jean, omble de l'Arctique, goberge de l'Alaska, sébaste de Boston, crevettes de Matane, huîtres de Caraquet, c'est toute une géographie qui accompagne ce petit déjeuner, géographie physique et géographie humaine, car, à bien y penser, du pêcheur au consommateur, une armée d'êtres humains a préparé ce repas, marchands, emballeurs, transporteurs, fabriquants de réfrigérateurs, de cuisinières électriques, d'ustensiles de cuisine, de vaisselle, et on peut en ajouter à la mesure de son imagination sans jamais se tromper.

Avec un morceau de fromage, un peu de confiture de prunes ou une gelée d'abricots, de pommes ou de framboises, ma chère Suzanne, cela vaut toujours mieux que les premières nouvelles de six heures à la radio.

Toujours, toujours!

Salut, Thomas Gray !

Le couvre-feu sonne le glas du jour qui meurt
L'oiseau d'amour se glisse lentement contre le genou
Le jeune laboureur entre chez lui par un chemin poilu
Hissant l'univers de l'obscurité à la joie.

Hail, Thomas Gray!

The curfew tolls the knell of parting day,
The loving bird winds slowly o'er the knee,
The ploughboy homeward plods his hairy way,
Heaving the world from darkness into glee[1].

1. Imité de la première strophe de *Elegy Written in a Country Churchyard*, de Thomas
Gray :

> The curfew tolls the knell of parting day,
> The lowing herd wind slowly o'er the lea,
> The plowman homeward plods his weary way,
> And leaves the world to darkness and to me.

> Le couvre-feu sonne le glas du jour qui meurt,
> Le troupeau mugissant défile lentement sur la prairie,
> Le laboureur fatigué traîne son chemin vers sa demeure,
> Et abandonne l'univers à l'obscurité ainsi qu'à moi.

(Traduction J.O'N.)

James Wolf récitait ces vers à la veille de la bataille des plaines d'Abraham et de sa mort,
le 13 septembre 1759.

La gibelotte

Jean-Yvon était mon patron et il était mon ami.

Il savait qu'il était mon patron mais je ne sais pas s'il savait qu'il était aussi mon ami.

Le lui ai-je jamais dit?

Il était de Sorel, le pays des îles, de l'indifférence de l'eau et de la terre, le pays où le fleuve se repose parmi les saules et les roseaux, le pays de la prévalence des vents, des courants, le pays du soleil qui se lève le matin sur rien du tout et sur l'infinité du monde, le pays des canards, des hérons et des Hell's Angels.

Or, un jour, Jean-Yvon m'invita à jouer au golf à Sorel. Il avait, bien sûr, une idée derrière la tête, celle de nous montrer une rondelle en plastique grande comme une assiette à tarte, qui commémorait le trou d'un coup qu'il avait réussi Dieu sait quand, sur le septième trou, crois-je, reste qu'il faudrait le préciser, une espèce de médaille qu'il nous montrait avec une fierté qui transfigurait son visage.

C'était agréable de le narguer sur les verts, entre les pins, entre les dunes, et, autant que possible, à droite du ruisseau qui voulait avaler nos balles.

Sa fierté comblée et l'après-midi passée, il nous convia à Chenail-du-Moine pour manger une gibelotte.

Tous, tant que nous sommes, avons expérimenté que la simplicité est à la source du bonheur.

Or, la gibelotte des îles de Sorel, c'est la simplicité et le bonheur confondus.

Le pêcheur revient de ses roseaux avec des perchaudes qui seront vitement écorchées et rissolées à vif.

L'épouse, qui l'attendait, a fait revenir un peu de lard salé dans une «chaudronne», avec des oignons finement hachés, des tomates et, comble de l'ironie dans la gastronomie, une «canne» de pois, une «canne» de fèves, une «canne» de blé d'Inde.

Cela doit mijoter longuement, tandis qu'on râtelle des feuilles mortes ou qu'on regarde passer les bateaux en jouant dehors avec les enfants.

Quand le parfum commence à faire trembler les rideaux du salon, il est temps que «son pére» arrive avec son poisson.

À l'époque, les millionnaires de Montréal allaient finir la nuit dans les auberges de Chenail-du-Moine pour manger une gibelotte.

Nous n'étions pas millionnaires et il était tout au plus dix-huit heures quand Jean-Yvon nous entraîna au restaurant *Chez Bedette*, je crois, un prénom emprunté aux ouvrages merveilleux de Germaine Guèvremont.

La gibelotte arriva sur la table avec ses parfums qui remplissaient déjà la pièce, une pièce d'une simplicité exemplaire, rustique sans vouloir faire «antique».

Les filets de perchaude sautés arrivèrent de sitôt, merveilleux de tendresse.

Jean-Yvon nous apprit alors qu'il fallait manger cela avec une tranche d'oignon frais sur une tartine généreusement beurrée.

Aussitôt, il y alla d'exemple.

Tout aussi incroyable que cela puisse sembler, c'était absolument délicieux.

Avec le bruissement du fleuve dans les roseaux, au bord de la route.

Quincaillerie

Quincaillerie

Je t'aime pour cette chose qui manque
Et que je peux remplacer entre tes jambes.
Tu ne peux deviner combien Dieu fut bon pour moi
Quand Il oublia...
Tu veux dire «pour nous»!

Hardware

I love you for that missing thing
That I can replace between your legs.
You can't guess how God was good to me
When He forgot...
You mean to we!

Le homard

— Monsieur, je vois que vous avez un aller simple seulement. Pouvez-vous m'en donner la raison?

— Oui. Un ami m'attend à l'aéroport Logan et nous passons dix jours dans la région de Boston avant de rentrer au Canada en automobile après la fête du Travail.

— Très bien.

Le douanier était gentil et j'essayais de l'être autant que lui, mais j'étais nerveux alors qu'il était calme.

Les avions ne me font pas très peur.

Advienne que pourra!

Mais les aérogares me tuent.

— *Ich warten nicht!*

«Je n'attends pas», disait mon professeur d'allemand, une femme patiente, et je la comprenais tellement.

Je m'embarquai tout de même à bord du vol Montréal-Boston pour survoler ces Appalaches que j'avais si souvent marchées.

Ce fut un vol cahoteux, comme si l'appareil entrait dans une poche d'air avec chaque crête que nous pouvions apercevoir sous nous. Mais nous arrivâmes à Boston sans problèmes et, après la marche réglementaire dans les dédales de l'aéroport, je vis mon ami Jacques, tout sourire, qui m'attendait.

Il était en villégiature à Swampscott, vingt, trente kilomètres au nord de Boston, dans une villa somptueuse, juste au-dessus de la mer. Son amie Adrienne était là, ainsi que Raymonde et Denis, et ce fut un grand plaisir de nous retrouver, mais passé le samedi vint le dimanche et tout le monde s'en alla, sauf Jacques et moi.

Débuta alors une des grandes folies de ma vie, vivre seul avec un autre homme.

Chambre et lit à part, entendons-nous bien.

Mais dans une complicité tellement totale que j'en garde un souvenir merveilleux.

Marcher pendant des heures le long de la mer.

Jaser avec le policier de Swampscott, qui vous interroge sur les derniers succès de Bill Lee, ex-lanceur des Red Sox de Boston et maintenant avec les Expos de Montréal.

Visiter les musées de Boston.

Assister à un concert des Boston Pops.

Et cætera.

Et nous mangions comme des rois, pauvres que nous étions. Des moules, de la morue, de la morue, des moules… et du homard.

Le homard se donnait pour un sourire et quelques dollars sur les quais de Swampscott. Jacques et moi convînmes que deux nous suffiraient, à condition qu'ils soient de bonne taille.

Vint alors la discussion sur la cuisson.

Jacques était d'avis de les plonger dans l'eau bouillante et je le convainquis que ce n'était pas la chose à faire.

— Mais tu veux faire quoi?

— Jacques, irais-tu me chercher une chaudière d'eau à la mer?

— Une chaudière d'eau à la mer?

— Oui.

Je le vois encore partir avec la chaudière, incrédule. Je le vois contourner le terre-plein, descendre à la plage, enlever ses chaussures et s'avancer dans la mer jusqu'à mi-jambes pour obtenir une eau qui fût un peu propre.

Moi, je choisissais des cailloux, plutôt énormes, près de la pelouse et j'en remplissais un chaudron à demi.

Le temps qu'il revienne, je pus également monter une mayonnaise, un aïoli et un beurre à l'ail.

— Tu vois, Jacques, les gens ont toujours tort de noyer le homard dans la marmite bouillante. Il faut le cuire à la vapeur sur des roches qu'on a tout juste recouvertes d'eau de mer.

Il y avait de la vaisselle pour deux mille personnes dans cette maison-là et nous y étions seuls, Jacques et moi.

Alors, nous mîmes la nappe, nous décorâmes la table et nous nous offrîmes les homards sur un grand plat de service, entourés d'une multitude de petites choses.

C'était somptueux.

Jacques prit une photo.

Et nous mangeâmes laborieusement nos homards en nous faisant croire que c'était bon, à coups de pince et de fourchette.

C'était franchement bon, mieux que partout ailleurs, mais le vrai du vrai, c'est que ce sont les cuisiniers chinois qui ont le secret du homard : bien découpé en morceaux, sauté à l'échalote, au gingembre et à la coriandre, et servi avec un bol de riz vapeur.

J'en ai mangé un avec Janouk, chez Wong, rue Buade, à Québec, et la vapeur, c'était Janouk.

* * *

Janouk!

Comment puis-je oublier cette autre histoire de homard, sur les bords de la rivière Jupiter, à Anticosti!

À son gîte de Port-Menier, nous avions demandé à Danny McCormick de nous préparer un casse-croûte, car nous partions pour la journée, et quelle journée que les routes d'Anticosti!

Mais la splendeur de l'île, de ses rivières, de ses chutes, de ses baies, de ses caps, voire de ses épaves, vaut les plus mauvaises routes du monde, et tout cela se retrouve dans un même paquet sur l'île d'Anticosti.

Danny s'était prêté de bonne grâce à notre demande, nous promettant un «*shore lunch*» (un lunch de rivage!), et nous n'avions pas trop prêté attention au sac qu'il nous avait remis, beaucoup trop préoccupés par la location du camion de M. Lelièvre, avec ses quatre pneus de rechange à bord, ce qui était déjà un indice de l'ordalie qui nous attendait.

La route m'avait rendu de fort mauvaise humeur et il était midi passé que nous avions à peine fait les trois quarts du trajet que nous nous étions proposé. Il fallait se résigner à faire demi-tour, car nous étions venus d'une seule traite et nous avions trois ou quatre points d'intérêt qu'il fallait inspecter au retour. Nous nous rendîmes tout de même à Jupiter 30, pour revenir à Jupiter 24 et manger sur la pelouse d'un chalet vide, au bord d'une fosse à saumon d'un vert émeraude parfaitement translucide.

De l'autre côté de la rivière, une falaise toute en strates de fossiles était coiffée d'épinettes noires, minces et longues comme des cierges, qui se balançaient dans la brise.

C'est alors qu'on ouvrit le sac pour y découvrir le «*shore lunch*» : deux homards, des œufs durs, des petits pains beurrés, de la mayonnaise, du céleri, des radis et du gâteau !

Jupiter lui-même s'était chargé de nous et je faillis pleurer de me sentir soudain si seul, si loin, hors de toutes les réalités quotidiennes, et si heureux.

Au volant

Au volant

J'aime conduire mon bazou
À ma propre vitesse,
Alors essaie de retenir ton levier
Jusqu'à ce que j'éclate.

Driving

I like to ride on a hot rod
At my own speed,
So try to hold unto your gearshift
Until I squeak.

Les moules

Des moules, je suppose que j'en avais mangé comme tout le monde, généralement aqueuses bien qu'elles soient dites «à la marinière», mais je n'en avais rien retenu de mémorable jusqu'au jour où je me retrouvai en camping à Cape Cod avec mon épouse d'alors et un couple d'amis, Gisèle et Dominique. Ma seule et unique visite au cap, déjà fort achalandé. Aujourd'hui, c'est probablement l'enfer des agoraphobes.

Nous avions dressé la tente dans une pinède de North Truro, à quelques kilomètres de Province Town et de l'apex du cap qui tire la langue à l'Atlantique. Le soleil de juillet chauffait la mer et cuisait le sable. Des viandes humaines de tous âges et de toutes catégories se laissaient rôtir au bon vouloir de l'Astre, dans des maillots où l'on avait économisé le tissu pour dépenser davantage sur la couleur et la découpe. À tout moment, une partie des carcasses prenaient vie et allaient s'ébrouer dans la grande bleue pour revenir s'étendre sur des serviettes épaisses, parfois surmontées d'un parasol.

Je ne suis pas un adepte de ce genre de loisir. Une trempette en avant-midi et une autre en après-midi me suffisent amplement, et je puis sacrifier l'un ou l'autre des exercices, les deux même, sans me plaindre des vicissitudes de la vie.

Non. Je songeais plutôt à faire ce que personne ne faisait : explorer la pinède. De nos jours, je suppose qu'ils se font manger avant même d'avoir pu sortir de terre, mais à l'époque les plus beaux cèpes que j'aie jamais vus poussaient et pourrissaient dans la pinède sans que le moindre campeur y porte attention. J'en eus bientôt un plein sac et je courus à la voiture pour rouler vers un poissonnier de Province Town. Il y avait là un étalage de myes et de moules à faire rêver tous les pygargues du monde. Je louchai du côté des moules, mais il y avait aussi, chose rare à l'époque pour un Québécois, des darnes d'espadon épaisses comme les paumes de ma main.

Cuisiner pour ses amis est un des grands plaisirs de la vie, surtout quand le destin vous met au défi de réussir un festin sur les deux ronds d'un petit poêle à naphte. Or, au souper ce soir-là, il y eut une chaudrée de myes, d'oignons, de pommes de terre et de carottes en dés; des darnes d'espadon à la cajun, un sauté de cèpes et du riz au persil de mer, avec pour dessert, oui, oui je le jure, un sabayon.

Nous décampions le lendemain, mon épouse demeurant chez sa sœur à Boston, tandis que Gisèle, Dominique et moi revenions au Québec en suivant le plus fidèlement possible les littoraux du Massachusetts, du New Hampshire et du Maine. Il y eut une deuxième nuit de camping à Recompense River, un hameau si petit qu'il n'entre même pas dans mon atlas, et là ce fut le tour des moules.

Je ne suis pas porté sur le tandem moules et frites, avec mayonnaise à l'appui, mais les moules à la marinière m'avaient toujours inspiré, par le nom plutôt que par l'expérience de leur consommation, et je décidai de leur faire un sort.

J'en achetai un plein sac, mais j'achetai aussi une belle baguette de pain ainsi qu'une demi-douzaine d'ailes de poulet, que je mis à bouillir avec un oignon et du persil de mer. Ce persil de mer, livèche, si l'on préfère, il y en avait à profusion sur la grève, de même que de larges bouquets de ciboulette. Gisèle et Dominique se chargèrent de la cueillette tandis que je nettoyais les moules. Pendant que le bouillon prenait du corps sur un rond, je mis à blondir des oignons hachés dans une grande casserole sur l'autre — nous n'étions pas si mal équipés, après tout —, et Gisèle et moi nous mîmes à hacher finement le persil et la ciboulette.

On notera que le verbe «hacher» se retrouve deux fois dans la même phrase, mais un bon cuisinier passe son temps à hacher, et même s'il change de verbe l'opération reste toujours la même.

Le bouillon terminé, je le versai dans la casserole aux oignons — hachés, toujours — et Dominique revint de la plage chargé de beaux cailloux qu'il avait rincés à l'eau de mer. Ils furent déposés dans la casserole vide et couverts de la majeure partie du bouillon. Les moules furent déposées sur ce lit et le bouton de contrôle fut tourné à plein feu. Ce ne fut pas long qu'une vapeur parfumée se mêla aux effluves de la marée qui entrait dans l'estuaire de la rivière. Les ailes de poulet furent retirées de l'autre casserole. La peau et les os prirent le bord de la poubelle tandis que la viande émiettée restait à fricoter dans le bouillon. Quand toutes les moules furent ouvertes, elles allèrent rejoindre ce bouillon avec celui de leur propre cuisson, les cailloux en moins. Il y eut un généreux ajout de vin blanc, un ajout modérément modéré de crème, et, enfin, une pluie de persil et de ciboulette, réduits en molécules.

Le grand air, l'exercice, l'appétit et les parfums de la mer sont des assaisonnements irremplaçables. Nous pêchions les moules, nous trempions notre pain dans la sauce et nous mangions comme des prélats en vacances. C'était si grandiose que, n'ayant jamais retrouvé les mêmes conditions, je n'ai plus jamais osé en refaire.

* * *

Mais il m'arriva de tenter une autre invention dans les circonstances que voici.

Quelqu'un m'expliquera-t-il un jour le désir que j'avais de visiter le village de Saint-Pierre-les-Becquets?

Un matin de septembre, je rentrais de Québec à Montréal et j'avais ramassé un «pouceux» à quelques kilomètres de la sortie du pont Pierre-Laporte. Costaud, la vingtaine assez jeune, blouson de cuir et blue-jeans obligatoire, il n'était pas très jasant, mais j'arrivai tout de même à savoir qu'il revenait de Grèce et qu'il avait profité de ses vacances pour traverser l'Europe sur le pouce, seul, sans le sou, en travaillant ici et là. Sa famille lui avait probablement payé le billet du retour et il se préparait à reprendre ses cours dans quelque cégep.

— Il ne t'est rien arrivé de malheureux? Tu n'as pas eu peur?

— Quand t'as peur, tu fais rien et il t'arrive toujours quelque chose de malheureux.

C'est à peu près tout ce que j'en pus tirer, mais je me rappelai qu'à son âge j'avais traversé la France dans les mêmes conditions et je me sentais mélancolique à l'idée que je serais incapable de le refaire.

Il me demanda de le laisser à la sortie 243, qui menait à son village, Saint-Pierre-les-Becquets.

Parlez-moi d'un nom!

Il n'y a jamais de vilains noms propres, puisqu'ils sont propres par définition, mais, entre Drummondville, Laurier-Station et Saint-Pierre-les-Becquets, il y a tout de même une variante dans la distinction.

Le village tient son nom de Romain Becquet, né au Bec, ou Becq, dans la région de Rouen, et marié à Québec en juin 1666. Il fut notaire, huissier, greffier de l'officialité diocésaine, juge seigneurial et seigneur lui-même. Il se disait notaire royal, alors qu'aucun document connu n'en témoigne. La seigneurie des Becquets lui fut concédée en 1672 et il semble que le patron du village ait été choisi en l'honneur de Pierre Masson, fils du premier colon de la seigneurie, Gilles Masson.

Sur la carte, j'avais bien vu que Saint-Pierre-les-Becquets se situait à un peu plus de quatre-vingts kilomètres au sud-ouest de Québec, sur la rive droite du Saint-Laurent, le dernier, dirais-je, d'une série des plus beaux villages qui soient, Saint-Nicolas, Saint-Antoine-de-Tilly, Sainte-Croix, Lotbinière,

Leclercville, Deschaillons, et devant, sur la rive gauche du même, un autre chapelet de merveilles qui se récitent de même, Batiscan, Sainte-Anne-de-la-Pérade, Grondines, Deschambault, Portneuf, Cap-Santé, Donnacona et Neuville. Au cœur du Québec, ces villages et le ruban bleu qui les escorte me rappelle «la douceur angevine» de Joachim Du Bellay.

Par un jour de septembre qui promettait d'être beau, je devais me rendre à Montmagny et je demandai à Lise, qui allait m'accompagner, si elle ne voyait pas d'objection à faire un détour par Saint-Pierre-les-Becquets.

— Saint-Pierre-les-Becquets? Pourquoi donc?

— Je ne le sais pas moi-même. Peut-être parce que je n'y suis jamais allé. Et puisque nous avons tout notre temps…

Nous prîmes la transcanadienne de Montréal à Drummondville pour couper ensuite vers Trois-Rivières et descendre vers Québec en suivant la rive du fleuve. On peut difficilement imaginer qu'un itinéraire aussi ennuyeux au départ puisse déboucher sur un pays aussi délicieux.

L'arrivée au village fut une apothéose. L'église, flanquée d'un grand parterre, est plantée sur une falaise qui domine le fleuve d'une centaine de mètres, je suppose. Au milieu du parterre, un joli kiosque domine un horizon de deux cent soixante-dix degrés et il était là pour nous seuls, avec de jolis navires pour sillonner notre admiration.

Sonne à la porte du presbytère: personne. Essaye d'entrer à l'église: fermée à clef. Traverse le parterre et entre au bureau de poste: «Mais oui, mais oui, le terrain appartient à la fabrique. Installez-vous et mangez en paix devant le plus beau paysage du monde.»

Comme postière, j'avais déjà vu pire.

La nappe fut mise et Lise crut s'évanouir quand j'ouvris la boîte du pique-nique. Cette fois, c'était la nappe carreautée vert et blanc, sur laquelle j'étalai un bol de cretons, un bol d'œufs durs à la mayonnaise et aux fines herbes, quelques tranches de salami, des olives noires, une pointe de brie, une demi-baguette, des craquelins, une grappe de raisins et un blanc plutôt ordinaire, le *Harfang des neiges*, que j'achetais assez souvent parce que mon ami le peintre Gilles Archambault en avait dessiné le label.

Mais ce qui intriguait Lise, c'était la grande boîte plate, en plastique, à travers laquelle elle voyait de drôles de choses multicolores. Multicolores en effet. J'avais haché pendant une heure, et combien finement, des carottes, des poivrons rouges, des poivrons verts, des échalotes et des fines herbes, que j'avais laissés mariner toute la nuit dans une vinaigrette à l'estragon. J'avais également fait ouvrir des moules à l'étuvée. Je les avais détachées de leur coquille et les avais remises dans des demi-coquilles que j'avais diposées au fond de la boîte. Il n'y en avait pas moins de trois douzaines. Puis, avec une petite cuillère, j'avais rempli chaque coquille de légumes, de fines herbes et de vinaigrette. J'avais pris soin de mettre ce plat dans le fond de la caisse, et la caisse bien à l'horizontale sur le plancher du coffre de la voiture.

Le tout s'était bien rendu, et cela se mangeait comme la bonté du panorama lui-même.

— Où as-tu pris cette recette?
— Je l'ai inventée, voyons!
— …

* * *

J'en refais à l'occasion, mais mon amie Janouk Murdock et le peintre Noriko Imaï sont à l'origine d'une autre invention que j'utilise plus souvent. À vrai dire, ce n'est qu'une paella en raccourci, mais le raccourci vaut mille fois l'extravagance de la recette originale.

Nous avions rencontré Noriko chez elle, à Longue-Pointe-de-Mingan, et nous étions tombés amoureux de ses aquarelles, tout particulièrement de ses illustrations de macareux. Or, le flash de Janouk avait eu des ratés et nous n'étions pas satisfaits des photos que nous avions prises. Le hasard voulut que Noriko soit à Québec pour une exposition et que j'y sois pour le Salon du Livre. Quant à Janouk, elle habite Québec et nous convînmes de nous rencontrer chez elle.

— Nous devrions faire un repas, Janouk !

— Ça me gêne beaucoup.

— Me laisses-tu faire ?

— Faire quoi ?

— Hier, tu m'as parlé d'un restant de ratatouille que tu avais mis en pot.

— Oui.

— Tu permets que je te le vide ?

— Fais comme tu veux.

Le marché était en face. J'allai acheter des hauts de cuisses de poulets et des moules. Je mis les morceaux de poulet à dorer et, cela fait, je vidai le pot de ratatouille dans la marmite. C'était un beau mélange d'aubergines, de poivrons, de courgettes, d'oignons, d'ail et de tomates, auquel j'ajoutai un peu d'eau. Je laissai mijoter lentement tandis que j'y allais énergiquement d'une casserole de riz basmati sur un autre rond.

Quand le poulet fut cuit, je le couvris avec les moules jusqu'à ce qu'elles ouvrent. Avec des pinces, elles furent cueillies une à une et déposées dans un grand bol sur la table. Même chose pour le riz. Ne voulant pas m'embarrasser d'un plat pour le poulet, je le servis directement de la casserole à l'assiette, laissant mes amies se servir de riz à leur guise. Ensuite, je leur versais de la sauce à volonté et je déposais les moules en coquilles sur le tout.

Je me vanterais sottement en parlant du résultat mais je recommence souvent et je recommande la recette.

Pendant ce temps, Janouk avait fait pocher des poires dans du vin rouge et cela ne gâtait rien non plus.

Une heure plus tard, nous étions à la galerie où Noriko exposait et les photos furent superbes.

Pastorale

Nous marchions le long de la rivière,
Là où personne ne va jamais,
Parmi des églantiers jusqu'aux épaules
Et des oiseaux combien gaillards.
Il y avait une odeur de poisson dans l'air
Et amplement de soleil pour un couple.
Nous cueillîmes quelques quenouilles,
Et je fouillais les buissons
Me cherchant un bâton de marche
Quand tu vins tâter mon pénis par-derrière.
Alors nous baisâmes sur la grève
Parmi beautés à foison.

Pastorale

We were walking along the river
Where no one ever walks,
With briars up to our shoulders
And birds how so stalwart.
There was a smell of fish in the air
And plenty of sun for a pair.
We cut a few bullrushes,
And I was furrowing the bushes,
Looking for a walking stick
When you got hold of my prick.
So we fucked on the shore
Amidst beauty galore.

Li Pasta

Est-il plus grand plaisir que d'être reçu par un ami qui se double d'un fin cuisinier ?

Je parle de Jean-Louis, qui me reçoit à Cap-aux-Oies par une journée d'automne où nous rendrons un hommage posthume à notre amie Marie-Anna Perron[1].

Charlevoix n'a pas changé, tout en rondeurs, et les routes y déboulent à «cher-t'en-viens-tu» à travers des caps fantasques, des vallées pacifiques et des forêts serrées, pleines de secrets que les ruisseaux ébruitent sous les aulnes, au-dessus de la mer qui avance et se retire dans la majesté solennelle de ses rites salés.

Le temps, un peu rouge, doré, mouillé, sent légèrement le tabac.

Jean-Louis est sur la galerie, au bord de la maison et au bout du chemin.

Il ne sait pas quoi faire de ses bras car il est plus gêné de me recevoir que moi d'arriver chez lui.

Et pourtant j'étais tellement gêné que je me suis permis un arrêt à Baie-Saint-Paul. Un arrêt et une bouteille de vodka que j'adjoindrai tranquillement, patiemment, éternellement à un bortsch de ma fabrication, que j'ai emporté Dieu sait pourquoi.

---

1. Marie-Anna Perron est l'héroïne de *Cap-aux-Oies*, et une carte postale ainsi qu'une homélie lui sont dédiées dans *Le Fleuve*, du même auteur, chez le même éditeur.

Il me présente Louisette et André, il fait du feu dans le poêle à bois, il me montre ma chambre et m'emmène au potager, où, chemin faisant, le poirier nous en met plein la vue de son été réussi.

Parlant de tout et de rien, il cueille trois tomates, du basilic, de la sarriette, de l'origan, et nous passons par le poulailler, où le coq se farcit quelques soli sur l'importance d'être un coq.

Retour à la cuisine et placotage sur tous les sujets du monde.

Jean-Louis est un fin, très fin cuisinier, sauf qu'il ne donne pas dans les truffes farcies à l'as de pique, ni dans les poitrines de pintade à l'alcool de prunes.

Ce soir, il ne se doute pas du tout qu'il me réserve une surprise de taille, que je copierai cent fois.

Tout le monde connaît le pistou et tout le monde en fait, mais le faire et l'utiliser comme Jean-Louis, j'avoue que j'ignorais.

À pleines poignées, il pile le basilic, l'origan et la sarriette, avec de l'ail. Il y ajoute des pignons et marie le tout à l'huile d'olive tandis que les *capelli d'angelo* se trémoussent à grands bouillons dans un antique chaudron capable de contenir toutes les ardeurs.

Égouttés, les cheveux d'ange goûtent à la sauce dans un joyeux tournoiement de cuillère en bois qui les lubrifie et les paillette de mille bonnes petites choses avant qu'ils n'aboutissent dans un grand bol de belle faïence.

Voici maintenant les tomates, coupées en dés — pourquoi ne dirait-on pas déifiées ? —, pétantes de rougeur et de senteur.

Et voici le petit bol de fromage parmesan.

— Sers-toi, dit-il.

Mais il se sert lui-même, pour me montrer la façon. D'abord les pâtes, ensuite les tomates et enfin le fromage comme une neige.

Le soleil se couche sur Charlevoix, et, en des parfums, en des saveurs indescriptibles, ses bontés estivales se rassemblent un moment dans ma bouche, un moment simple et précieux.

Si jamais j'oublie

Si jamais j'oublie

Je t'aime pour la peau de tes couilles,
Pour le bord du trou de ton cul,
La couleur de tes yeux,
Et les fleurs de ton jardin.

If I Ever Forget

I love you for the skin of your balls,
The rim of your asshole,
The colour of your eyes
And the flowers of your garden.

Les scones

Les scones sont une nécessité du *five o'clock tea* des Anglais depuis qu'ils ont conquis l'Écosse.

Chez moi, cela se mange plutôt au petit déjeuner.

Il faut savoir que l'Écosse et l'Angleterre furent en guerre avant et depuis l'invention même du scone. En 1306, Robert Ier Bruce parvint à se faire couronner roi d'Écosse en cachette, grimpé sur une vulgaire pierre brunâtre, à Scone, aujourd'hui New Scone, près de Perth, en Écosse. La pâtisserie rustique et traditionnelle en vint à prendre le nom du caillou royal, mais, au cours des guerres qui suivirent, l'Angleterre reprit l'Écosse et, ajoutant l'outrage à l'injustice, ramena le caillou lui-même à Londres, où, enchâssé sous le trône du couronnement, il symbolisait la domination anglaise sur l'Écosse. Un peu comme si les Premiers ministres anglophones du Canada étaient assermentés sur une tourtière du Lac-Saint-Jean. Il y a quelques mois à peine, l'ex-Premier ministre John Major promettait de retourner la pierre de Scone à Édimbourg.

Est-ce fait à ce jour? Je l'ignore et n'en pleure pas.

Le biscuit écossais devint donc à l'honneur en Angleterre, même si ceux qui le mangent ignorent depuis longtemps qu'ils célèbrent ainsi leur domination sur l'Écosse.

Faut-il ajouter que le bon scone se compare au muffin anglais comme le champagne à la piquette?

* * *

Pour faire de bons scones, de très bons, il faut, avant de se coucher, cacher deux œufs, une demi-tasse de crème fraîche et quatre cuillerées à table de beurre quelque part dans la cuisine, pour que le tout prenne la température de la pièce. Et cela à l'insu de la famille, car la surprise est le préalable de la recette.

Il faut s'éveiller tôt, et, après la passe du matin, se lever avant tout le monde et regagner la cuisine à pas de loup pour d'abord chauffer le four à 220 °C (425 °F).

Dans un grand bol, tamiser deux tasses de farine, deux cuillerées à thé de poudre à pâte, une cuillerée à table de sucre et une demi-cuillerée à thé de sel.

Y intégrer ensuite le beurre mou, avec les doigts quand ils sont propres, sinon avec un couteau à pâtisserie.

Quand le mélange est grumeleux, on y ajoute d'abord un œuf et la demi-tasse de crème. Attention à l'autre œuf. On en réserve d'abord une part du blanc pour plus tard, une cuillerée à table peut-être, ou selon l'inspiration du matin. Le jaune et le reste du blanc s'en vont dans la terrine et on malaxe le tout jusqu'à l'obtention d'une belle boule obéissante.

Sur une table enfarinée, on pétrit la boule une minute ou deux jusqu'à ce que la pâte se sente prête. Il faut alors l'abaisser à 1 1/2 cm (3/4 po), soit en rectangle, soit en rond. La forme ronde est plus commode car elle se découpera comme une tarte. La forme rectangulaire devra être découpée en losanges, ce qui est un peu plus compliqué, mais si peu. Cela fait, mais sans trancher, on marque, avec un bon couteau, le découpage des scones.

Maintenant, on délaye le reste du blanc d'œuf avec un peu d'eau et on en badigeonne le dessus du chef-d'œuvre. On le saupoudre ensuite de sucre, mais légèrement. Pour les enfants, un peu de sucre coloré ajoute à la surprise.

On dépose la galette sur une tôle et on la glisse au four pour un séjour de douze à quinze minutes. Ni trop jaune ni trop brune, parfaitement dorée, elle est cuite.

Ce devrait être le moment où les moutards arrivent en pantoufles pour dire : «Ça sent bon. Qu'est-ce que tu fais?»

Maintenant, ouvrir le four pour en retirer le bonheur et ses parfums. Une spatule délicate permet de transférer l'objet sur une planche ou une assiette, et, présidant avec le grand couteau, vous le découpez en répondant nonchalamment : «Je fais des scones.»

Servir avec du beurre, de la confiture, de la gelée, de la marmelade, du miel, avec tout ce qu'il peut y avoir de bon dans l'armoire, à l'exception du beurre de «pinottes».

Et si vous n'avez pas oublié de faire du café, la mère devrait être debout elle aussi à l'heure qu'il est.

Water Music[1]

S'il te plaît, joue du cor
Dans mes trompes,
Et que la musique coule à jamais
Car le rythme est parfait.

---

1. Même les spécialistes n'arrivent pas à traduire à leur goût le titre de cette pièce de Haendel. Musique d'eau ? Musique sur l'eau ? Water Music !

Water Music

Please blow your horn
Through my trumps,
And may the music flow forever
'cause the beat is perfect.

La confiture de prunes bleues

J'aime le son du cor, le soir au fond des bois.
Soit qu'il sonne les pleurs de la biche aux abois,
Ou l'adieu du chasseur que l'écho faible accueille
Et que le vent du nord porte de feuille en feuille[1].

C'était l'automne.

Élaine et Pierre nous avaient conviés à la messe de saint Hubert, dans la chapelle du grand séminaire, avec tout l'apparat des trompes et des cors de chasse, des veneurs, des chiens, des chevaliers en toge et des belles dames qui les accompagnaient.

D'aucuns ont la piété extravagante et c'est une curiosité que l'on peut s'offrir une fois dans la vie.

Trop heureux de cette invitation, je pressai nos amis de venir partager notre petit déjeuner, simple mais solide, café, scones et confiture de prunes bleues. Je fus évidemment très flatté qu'Élaine appréciât la confiture et, en plus d'un petit pot, je lui offris la recette qui suit, simple paraphrase de l'encyclopédique Mme Benoit.

---

1. Alfred de Vigny, *Le Cor.*

8 tasses de prunes bleues (Damson) [La parenthèse est de Mᵐᵉ Jehane Benoit et non de moi. Il s'agit, en fait, de prunes de Damas, oblongues, en forme de testicules allongés, et non de prunes rondelettes comme des seins d'adolescente.]

6 tasses de sucre [Mᵐᵉ Benoit est forte sur le sucrage. J'en mets toujours un peu moins.]

Le zeste de 1 1/2 orange [Le problème, c'est d'acheter 1 1/2 orange. Je m'en tiens ordinairement à une.]

Le jus d'une orange [Je prends la même.]

1 tasse de raisins épépinés [Il s'en vend des épépinés d'avance et c'est plus d'avance que de les épépiner soi-même.]

1) Laver les prunes. [Pas de savon.] Les couper en deux et en retirer les noyaux avant de les mesurer. [Il n'est pas nécessaire de mesurer les noyaux.]

2) Mélanger les prunes ainsi préparées avec le sucre et faire cuire doucement, à découvert [i.e. enlever sa toque si on en porte une dans sa cuisine] en remuant souvent [un disque de Gerry Boulet peut être utile] jusqu'à ce que des gouttes de liquide se figent sur une assiette froide. [Et non pas jusqu'à ce que l'assiette casse sous les gouttes de liquide chaud.]

3) Ajouter le reste des ingrédients et faire cuire pendant dix minutes. [Si on n'a pas de minuterie, on fait jouer le second mouvement du concerto pour violon de Beethoven.] Écumer puis remuer. [Comme faisaient les pirates dans la mer des Caraïbes.] Verser dans des bocaux stérilisés chauds [la précision est heureuse car il est plus difficile de stériliser des bocaux froids] et sceller.

Parlant de «sceller», il y a un siècle à peine, chaque grande famille avait son sceau particulier, mais, lors de la crise de

1929, les sceaux se sont vendus pour des prunes. Tout passe, hélas!

Dieu! que le son du cor est triste au fond des bois.

Une soirée à l'opéra

Ton pénis se dresse comme un obélisque
Dans ma main droite,
Et tes couilles peuvent s'offrir le risque
De se recueillir dans ma gauche, je crois.
Laisse-moi te masturber au-delà de toute conscience
Jusque dans la douceur de l'oubli.
Ou préférerais-tu que je suce le pignon
De ce tant délicieux pénis ?

Bas les pattes et reste tranquille.
Laisse-moi jouer l'ouverture de La Fiancée vendue.
Je la jouerai avec vigueur.
J'espère que tu aimes Smetana.
Sois calme et ferme tes yeux,
Tu ne manqueras jamais le lever du rideau.

A Night at the Opera

Your cock stands like an obelisk
In my right hand,
And your balls can stand the risk
Of being cupped in my left one, I understand.
Let me jerk you out of conscientiousness
And into sweet oblivion.
Or would you rather have me suck the pinion
Of this jolly good penis?

Lay your hands and stand still by my side.
Let me play the overture of The Bartered Bride.
I shall play it with stamina.
I hope you enjoy Smetana.
Be quiet and shut your eyes,
You'll never miss the curtain rise.

Les biscuits et le loup

Il était une fois un petit chaperon rouge qui vivait avec ses parents à South Bolton, dans les Cantons-de-l'Est. On l'appelait ainsi parce que la fillette avait les cheveux d'un rouge flamboyant et que son visage et ses bras étaient tout picotés de taches de rousseur.

Déjà fière de son surnom, arrogante qu'elle était, elle le justifia davantage en portant presque toujours, sauf l'été, s'entend, un anorak rouge vif qui la faisait reconnaître au premier coup d'œil à cent mètres à la ronde.

South Bolton est un tout petit hameau où il n'y a pas grand-chose depuis qu'un incendie a détruit le Potton Springs Hôtel en 1934[1]. Il s'y trouve tout de même deux églises, catholique et protestante, un magasin général, et plusieurs habitants qui travaillent soit à Eastman, au nord, soit à Mansonville, au sud, ou à Knowlton, à l'ouest.

À l'est, c'est Knowlton Landing, au bord du lac Memphrémagog, un joli hameau où habitait la grand-mère de Chaperon rouge.

Cette enfant était une intrépide comme on n'en voit guère. Elle n'avait pas cinq ans qu'elle pouvait disparaître pendant des heures, sans prévenir qui que ce soit, et ses parents la

---

1. Voir «Potton Springs Hotel» dans *Promenades et Tombeaux*, du même auteur chez le même éditeur.

cherchaient toujours partout en s'arrachant les cheveux. Ceux de son père, qui avaient été roux, devinrent rapidement blancs pour ce qu'il en restait, mais les gens du village, au courant de la situation, prirent l'habitude de téléphoner pour les prévenir.

Un jour, c'était le curé : «Chaperon rouge est venue me retrouver dans le jardin et elle m'aide à désherber, si on peut appeler ça de l'aide. Je la garderai à dîner au presbytère si cela ne vous dérange pas et je vous téléphonerai de nouveau dès qu'elle décidera de repartir.»

Une autre fois, c'était le marchand général : «Vous m'avez envoyé Chaperon rouge pour acheter une livre de beurre et une pinte de lait. Si vous êtes pressés, je vais vous envoyer mon Jeannot tout de suite, car Chaperon rouge est en train de jouer avec Terry, mon labrador, et on dirait que ça va durer longtemps.»

Il y avait Mme Delaney aussi, la vendeuse de laine et de tissus. Chaperon rouge pouvait passer des heures avec cette bonne vieille qui lui montrait à tricoter, à broder... et à faire des biscuits. Elle aussi téléphonait : *«I've got a nice visitor today and don't be worried about Chaperon rouge.»*

Il y avait peu d'enfants dans ce petit hameau et pourtant il y avait un chien dans chaque maison. C'est ainsi que Chaperon rouge apprit à connaître les chiens mieux que les enfants de son âge, et elle allait jouer à la cachette ou au cerf-volant avec eux dans le si beau cimetière, à l'angle de la 245 et de la 243, où les anciens qui dormaient là s'amusaient beaucoup de voir les jeux de la petite.

Toutes les deux semaines environ, les parents de Chaperon rouge l'emmenaient à Knowlton Landing pour voir sa grand-mère, qui l'adorait et la bourrait de gâteries.

Mais les enfants grandissent vite, c'est chose sue, et tôt un beau matin, vers ses huit ans, Chaperon rouge disparut sans que le téléphone sonnât à la maison. Affolement, recherches, les parents étaient en émoi et téléphonaient partout pour s'entendre souvent répondre : «À votre place, je ne m'inquiéterais pas de cette enfant-là. Le mal ne peut pas la connaître!»

L'angoisse étant trop forte, les parents alertèrent la Sûreté du Québec. Quand l'auto-patrouille se pointa devant la porte de la maison à treize heures, le téléphone sonnait et c'était la grand-mère de Knowlton Landing : «Chaperon rouge a décidé de venir me voir à pied.»

Sept kilomètres, seule, sur la route quasi déserte qui se fraye un chemin entre les monts Becky et Pevee, entre des forêts interminables. Les rares automobilistes à passer par là n'avaient pas cru bon de s'arrêter, de s'informer. Un seul lui avait offert de la prendre à bord, mais Chaperon rouge était bien prévenue qu'on ne voyage pas avec des automobilistes inconnus.

Elle était arrivée chez sa grand-mère avec un bouquet de marguerites et d'épervières, nullement fatiguée mais complètement affamée et combien émerveillée par tout ce qu'elle avait vu en chemin : des papillons, des libellules, des couleuvres, des crapauds, un raton laveur et ses petits qui traversaient la route à la queue leu leu, des canards et des bernaches sur l'étang George. Et des fleurs!

Partout des fleurs le long de la route.

Elle eut droit à une bonne soupe, à une tranche de jambon et à une salade de pommes de terre, ainsi qu'à un morceau de gâteau au chocolat, accompagné de deux verres de lait. Ce fut tout. L'auto-patrouille était déjà devant la porte, le père, ébranlé, n'étant plus en état de conduire.

Il n'y eut pas un mot d'échangé durant le retour à la maison, mais là maman prit les choses en main.

— Chaperon rouge, tu ne fais rien de mal, mais tu nous fais mourir, ton père et moi. Fais tout ce que tu veux, va partout où tu veux, mais dis-nous toujours où tu t'en vas.

— Pourquoi je vous fais mourir?

— Parce que tu nous inquiètes. Tu es trop petite pour savoir ce qu'est l'inquiétude, mais c'est un monstre terrible qui ne s'apprivoise jamais. Est-ce que tu promets?

261

— Je promets.

Elle tint promesse et eut pour sa récompense une jolie bicyclette qui connut un kilométrage exceptionnel. Par beau temps, au lieu de prendre l'autobus scolaire, elle pédalait jusqu'à l'école de Mansonville. Elle prit aussi l'habitude d'aller à Knowlton par la passe de Bolton, où les montagnes vous escortent comme une haie d'honneur. Et combien de fois n'alla-t-elle pas revoir sa grand-mère !

* * *

Les enfants grandissent vite, c'est chose sue. À l'été de ses douze ans, avant d'entrer à l'école secondaire, le goût lui prit d'abandonner les chemins pour explorer la montagne et la forêt, et c'est alors que Mme Delaney lui sauva la vie.

— Chaperon rouge, il faut toujours manger en forêt. D'aucuns s'emportent du chocolat et des noix, mais ça ne suffit pas. Il te faut toujours un sac de biscuits et une ou deux pommes. Il y a des centaines de sortes de biscuits, mais il y en a seulement trois d'importantes : les biscuits aux flocons d'avoine, les ermites et les négrillons. Avec ces biscuits et quelques pommes dans ton sac, tu pourras faire le tour du monde à pied.

Et Mme Delaney de lui donner les recettes qu'elle tirait du *Boston Cooking-School Cookbook*, et de les faire avec elle pour lui montrer comme c'était facile.

Biscuits aux flocons d'avoine
    375 ml farine   1 1/2 tasse
    1/2 c. à thé de bicarbonate de soude
    1 c. à thé de cannelle
    1/2 c. à thé de sel
    1 œuf légèrement battu
    250 ml de sucre   1 tasse
    125 ml de saindoux fondu   1/2 tasse

125 ml de beurre fondu   1/2 tasse
1 c. à table de mélasse
125 ml de lait   1/2 tasse
375 ml de flocons d'avoine   1 3/4 tasse
125 ml de raisins   1/2 tasse
125 ml de noix hachées   1/2 tasse

Dans un grand bol, mélanger la farine, le bicarbonate, le sel et la cannelle. Ajouter les autres ingrédients et brasser avec une cuillère en bois jusqu'à homogénéité complète. Déposer par cuillerées à thé sur une tôle à biscuits sèche et faire cuire douze minutes dans un four préchauffé à 180 °C (350 °F).

— Cette recette devrait te donner environ soixante-dix biscuits, Chaperon rouge. Voici les ermites, maintenant.

Ermites
65 ml de raisins   1/4 de tasse
65 ml de noix hachées   1/4 de tasse
500 ml de farine   2 tasses
4 c. à table de beurre
125 ml de sucre   1/2 tasse
1/2 c. à thé de sel
2 œufs
125 ml de mélasse   1/2 tasse
1 c. à thé de bicarbonate de soude
1/2 c. à thé de crème de tartre
1 c. à thé de cannelle
1/2 c. à thé de girofle moulu
1/4 de c. à thé de macis
1/4 de c. à thé de muscade

Bien graisser un moule à gâteau de 22 cm sur 30 cm si l'on veut des carrés, ou une tôle à biscuits si l'on préfère. Mélanger les raisins et les noix avec 1/4 de tasse de farine et mettre de côté. Dans un grand bol, battre le beurre en crème, y ajouter le sucre et bien mélanger. Ajouter le sel, les œufs et la mélasse en battant toujours bien. Ajouter le bicarbonate, la crème de tartre, la cannelle, le girofle, le macis et la muscade à la tasse et trois quarts de farine qui reste, et bien tamiser en incorporant le tout au mélange de beurre, de sucre et d'œufs. Bien battre. Ajouter noix et raisins et bien battre encore. Verser dans le moule à gâteau ou déposer par cuillerées à thé sur la tôle à biscuits. Mettre au four à 180 °C (350 °F) jusqu'à ce que le dessus soit ferme et le centre plutôt mou, de 15 à 20 minutes pour les carrés et de 8 à 10 minutes pour les biscuits.

— Et maintenant, ma petite, les meilleurs, les négrillons.

C'est un mot qui semble péjoratif, mais pour moi c'est un mot plein d'affection. Ma fille habite le quartier Notre-Dame-de-Grâce, à Montréal, et quand je vais la visiter je vois de petits Noirs, des négrillons, plein la rue. Ils jouent et ils piaillent comme les meilleurs enfants du monde, quand ils ne te rentrent pas dans le derrière avec leur bicyclette sur le trottoir, en s'excusant ensuite avec un sourire étincelant.

Les négrillons
    85 g (3 onces) de chocolat non sucré
    6 c. à table de beurre
    375 ml de sucre   1 1/2 tasse
    3 œufs
    1/2 c. à thé de sel
    185 ml de farine   3/4 de tasse
    185 ml de noix hachées   1/4 de tasse
    1 1/2 c. à thé de vanille

Graisser un moule à gâteau carré de 22 cm et préchauffer le four à 180 °C (350 °F). Faire fondre le chocolat et le beurre au bain-marie. Retirer du feu, ajouter le sucre, les œufs, la farine, les noix et la vanille. Bien battre le tout. Verser dans le moule et cuire une quarantaine de minutes. Il faut que le dessus soit sec et presque ferme au toucher, mais que l'intérieur soit encore mou. Laisser reposer une quinzaine de minutes sur une grille. Démouler et découper en carrés.

Évidemment, tout cela ne se fit pas dans la même journée, mais ce ne fut pas long que Chaperon rouge émerveillait ses parents avec ses nouveaux talents culinaires, jusqu'au jour où elle leur annonça qu'elle allait désormais explorer la montagne et la forêt.

— Tu n'y penses pas, Chaperon rouge! C'est plein d'ours, de loups, de coyotes et de lynx. Tout récemment, on a même vu un cougar.

— Il n'y a aucun danger. Je leur donnerai des biscuits!

— Mais tu es folle!

— Oui, maman, je suis folle. Préférerais-tu que je passe mes soirées au bar du *Kalamazoo*, à Knowlton, ou que je me «stone» avec les jeunes des alentours?

Chaperon rouge n'en fit qu'à sa tête et, tout l'été, sa mère la vit disparaître après le déjeuner pour ne la revoir que tard en après-midi, et parfois en début de soirée. Cachant sa bicyclette dans les bois, elle explora les rivages du lac Memphrémagog et de l'étang Sugar Loaf Pond; elle escalada les falaises de la passe de Bolton, les monts Becky, Hog's Back, Sugar Loaf, Owl's Head et autres. Et c'est dans les pentes du mont Pevee qu'elle rencontra le loup.

Elle avait escaladé une paroi plutôt raide pour déboucher sur un plateau quand elle vit une bête se faufiler derrière un rocher. Elle s'arrêta net et la bête fit de même pendant un long moment. Puis, la bête étant plus curieuse que l'enfant, elle montra la tête avec un grognement plutôt sinistre et s'avança lentement, prudemment, à pas de loup, justement.

Chaperon rouge la regarda dans les yeux et lui dit: «Arrête, Loup! Je t'ai apporté des biscuits.»

Le loup arrêta net et Chaperon rouge s'avança vers une grande pierre plate où elle déposa une demi-douzaine de biscuits. Ensuite, elle se retira. Le loup s'avança, flaira les biscuits, les avala d'un trait et continua, mais sans grogner, sa marche vers Chaperon rouge qui ne bougeait pas. Il s'arrêta à trois pas d'elle, la langue pendante, tandis que Chaperon rouge le regardait dans les yeux. Il ne put supporter son regard, et Chaperon rouge, puisant dans son sac, déposa six autres biscuits devant lui. Ils disparurent aussi vite que les premiers.

— C'est tout, Loup! Laisse-moi passer maintenant.

Il la laissa passer mais la suivit de loin en loin jusqu'à ce qu'elle atteignît le sommet, un beau sommet à horizon de trois cent soixante degrés où elle ne se lassait pas de regarder les horizons. Puis elle vit le loup déboucher sur le plateau. Elle prit le temps de s'asseoir sur une roche élevée pour manger une pomme. Le loup vint au pied du rocher et s'y coucha. Cela dura bien dix minutes, puis, prenant un biscuit, elle descendit de son perchoir pour l'offrir au glouton qui n'en fit qu'une bouchée, après quoi il se frotta de tout son long contre les jambes de Chaperon rouge.

— Je savais que tu étais un gentil loup, dit-elle en le flattant. Maintenant, tu vas me laisser rentrer chez moi.

Elle redescendit jusqu'à sa bicyclette, cachée parmi les harts rouges au bord de la route. Le loup la suivit jusque-là et elle le savait.

Quand elle mit son vélo sur la route, elle se retourna et le vit, à demi dissimulé derrière un hêtre.

— Merci, Loup, et au revoir!

Chaperon rouge ne raconta jamais son histoire, et pour cause, mais elle retourna quelques fois au Pevee durant les vacances. Elle y vit deux loups, puis quatre, puis six, qui la suivirent jusqu'au sommet. Toujours elle leur offrait des biscuits aux flocons d'avoine, des ermites et des négrillons. Elle s'assoyait sur son rocher pour manger sa pomme et ils s'assoyaient en rond autour d'elle. Elle leur parlait des gens du village et leur racontait mille histoires, leur disant, entre autres choses, qu'elle était la seule à avoir d'aussi merveilleux amis.

Mais les enfants grandissent vite, c'est chose sue, et sont souvent happés par le pensionnat. L'été suivant, Chaperon rouge ne vit pas de loups au Pevee. Elle avait tout exploré autour d'elle et ne savait plus quoi chercher. C'est Mme Delaney qui trouva la solution encore une fois. Elle avait une vieille sœur à Tadoussac qui avait bien besoin d'aide pour tenir sa maison.

Révélation !

Enfant des forêts, des montagnes et des lacs, Chaperon rouge y fit connaissance avec le fleuve et la mer. Ils allaient et revenaient sans cesse sur eux-mêmes, dans une rythmique qui semblait appartenir davantage à la Lune qu'à la Terre, mais qui, découvrit-elle, procédait du triangle amoureux Soleil — Terre — Lune, un phénomène tout à fait imperceptible dans le pays de son enfance.

Elle revint à Tadoussac quatre étés de suite en passant tous les environs au peigne fin, et c'est là qu'elle décida d'épouser la mer. Elle l'épousa dans la personne d'un garçon de Mont-Louis, fraîchement émoulu de l'Institut maritime du Québec à Rimouski.

Tout de suite enceinte, elle eut une grossesse pénible et elle semblait perdre la raison, racontant des histoires de flocons d'avoine, d'ermites, de négrillons et de loups.

Elle revint à South Bolton avec son mari, seulement pour y mourir en couches. Le bébé promettait d'être une rouquine comme sa mère, et quand on enterra Chaperon rouge dans le beau cimetière où, enfant, elle allait jouer avec les chiens et les cerfs-volants, les habitants de South Bolton furent surpris d'entendre crier des loups dans la forêt toute proche, car personne n'en avait vu depuis fort longtemps.

Mon cher Shakespeare!

Il y a en travers d'un ruisseau un saule qui mire ses feuilles grises dans la glace du courant. C'est là qu'elle est venue, portant de fantasques guirlandes de renoncules, d'orties, de marguerites et de ces longues fleurs pourpres que les bergers licencieux nomment d'un nom plus grossier, mais que nos froides vierges appellent doigts d'hommes morts. Là, tandis qu'elle grimpait pour suspendre sa sauvage couronne aux rameaux inclinés, une branche envieuse s'est cassée, et tous ses trophées champêtres sont, comme elle, tombés dans le ruisseau en pleurs. Ses vêtements se sont étalés et l'ont soutenue un moment, nouvelle sirène, pendant qu'elle chantait des bribes de vieilles chansons, comme insensible à sa propre détresse, ou comme une créature naturellement formée pour cet élément. Mais cela n'a pu durer longtemps : ses vêtements, alourdis par ce qu'ils avaient bu, ont entraîné la pauvre malheureuse de son chant mélodieux à une mort fangeuse[1].

Tu baises joliment, mon gars,
Et Shakespeare n'était pas si mauvais que ça!

---

1. Voir la référence à la page ci-contre.

My dear Shakespeare!

There is a willow grows aslant a brook
That shows his hoar leaves in the glassy stream;
There with fantastic garlands did she come
Of crow-flowers, nettles, daisies, and long purples,
That liberal shepherds give a grosser name,
But our cold maids do dead men's finger call them :
There, on the pendant boughs her coronet weeds
Clambering to hang, an envious sliver broke;
When down her weedy trophies and herself
Fell in the weeping brook. Her clothes spread wide,
And mermaid-like a while they bore her up :
Which time she chanted snatches of old tunes,
As one incapable of her own distress,
Or like a creature native and indued
Unto the element : but long it could not be
Till her garments, heavy with their drink,
Pull'd the poor wretch from her melodious lay
To muddy death[1].

You fuck nicely, my lad,
And Shakespeare wasn't that bad.

---

1. William Shakespeare, *Hamlet*, acte IV, scène 7. La reine Gertrude raconte la mort d'Ophélie. La traduction ci-contre est tirée de : William Shakespeare, *Richard III, Roméo et Juliette, Hamlet*, traduction de François-Victor Hugo, Garnier-Flammarion, Paris, 1964.

Le paris-brest

Vieux, malade et bougon, mon père passait l'hiver chez moi, et cet homme extrêmement drôle au meilleur de son âge avait trouvé le tour de naître un 14 février, jour de la Saint-Valentin, que nous avons fêtée en rouge, en cœur et en guirlandes de papier crêpé bien avant que les fleuristes et les chocolatiers ne s'emparent de l'événement à des fins commerciales.

Après qu'il eut subi une série d'accidents cérébro-vasculaires, il était devenu extrêmement difficile de le faire rire, et encore plus difficile de le faire pleurer, à la vue des autres du moins, car il devait le faire souvent en cachette.

Toujours est-il que je le fis rire et pleurer à la fois avec un paris-brest, le jour de son soixante-dix-huitième anniversaire.

Le paris-brest est un entremets et déjà ce mot me fait mourir de rire.

Autrefois, l'entremets était un spectacle offert aux convives entre deux services.

Aujourd'hui, l'entremets est un plat sucré qui se sert entre deux autres services, entre le fromage et la poire, peut-être, bien que le fromage et la poire se mangent très bien ensemble, sans besoin d'un paris-brest pour les séparer. Le mot signifie simplement «dessert» et le mot «dessert» est plus approprié, sauf que le mot «entremets», désuet et précieux, est également délicieux, prononcé par une fine bouche.

271

Voilà pour l'entremets. Voici maintenant le paris-brest.

La journaliste montréalaise Nancy Lyon, d'origine irlandaise et artiste de la harpe celtique, voyageait un jour en France et, en personne intelligente qu'elle est, elle voulait faire à Rome comme font les Romains. À un gentil compagnon qui lui demandait son nom, elle répondit «Nancy Lyon» dans le meilleur accent français, pour s'entendre répondre : «Et moi, je suis Paris-Brest, peut-être!»

Cette pâtisserie exquise aurait été créée à bord des trains de la Société nationale des chemins de fer, la fameuse SNCF, et peut-être sur sa ligne qui reliait Paris aux confins de la Bretagne.

Qu'importe.

Le paris-brest est la simplicité même, dès qu'on sait comment monter une pâte à choux, et le bonheur, c'est qu'on n'en fait pas des choux, mais commençons par le commencement.

Il faut d'abord mettre à bouillir une tasse d'eau, une demi-tasse de beurre et une pincée de sel. On retire du feu et on y incorpore une tasse de farine avec la vigueur et la délicatesse d'une cuillère en bois. On remet au feu en brassant jusqu'à l'obtention d'une boule de texture sensuelle qui n'adhère plus aux parois de la casserole. On retire alors du feu et on ajoute, toujours brassant, quatre œufs, un à un, en faisant bien attention que la pâte ait toujours absorbé le premier avant de lui offrir le suivant. Au bout de l'exercice, la pâte est purement sexuelle.

Pour les choux à la crème, on dépose la pâte par petites, moyennes ou grandes cuillerées sur une tôle non beurrée, et bonjour la visite!

Pour le paris-brest, il y a deux versions. On dépose la pâte tout entière en couronne sur ladite tôle, ou bien en un long ruban, et je suppose que l'association avec l'image d'une voie ferrée est à l'origine du mot «paris-brest», de même qu'on trouve maintenant des «trottoirs» aux fruits chez les pâtissiers.

On frotte maintenant la pâte avec un jaune d'œuf et l'on saupoudre d'amandes mondées, tranchées ou pilées.

Cette beauté doit cuire dans un four préchauffé à 425 °F ou à 220 °C, selon son humeur, et pendant trente ou trente-cinq minutes. C'est le doré du produit et le parfum de la chose qui annoncent sa cuisson. Mais attention, la pâtisserie ne doit être ni trop sèche ni trop molle, et c'est précisément une pâtisserie qui mérite attention.

Cuite, il faut la laisser se reposer, se rafraîchir une autre demi-heure, en la piquant ici et là pour lui permettre d'évacuer les vapeurs intérieures accumulées. Ensuite, on est prêt pour «chef-d'œuvrer», comme on dit dans Charlevoix.

Le «chef-d'œuvrage» consiste à fendre la merveille dans le sens de l'épaisseur pour la fourrer de plusieurs merveilles possibles.

Classique : crème fouettée.

Recherchée : beurre praliné.

Super : blancs d'œufs, crème, fruits et jurons.

* * *

Ce matin-là, j'eus l'idée de passer des framboises au robot culinaire et d'y ajouter une enveloppe de gélatine. Je déposai le tout dans une assiette peu profonde, qui passa l'avant-midi au frigo tandis que je faisais le *smart* au ministère de l'Éducation.

Toutefois, je pris congé pour l'après-midi et je mis à cuire ma pâte à choux, non pas en couronne, non pas en ruban, mais en forme de cœur.

Je la fourrai avec un déluge de crème fouettée bien fraîche et avec une mousse de framboise découpée en dés.

L'enveloppe supérieure remise sur l'autre, je saupoudrai le tout de sucre en poudre et d'amandes ciselées.

Mon père grognait un peu, cherchait sa canne, son émission de télévision, ses pantoufles, son âme.

Le chef-d'œuvre fut mis au sous-sol, à l'abri des indiscrétions.

Puis Nicole revint de l'université. Le repas fut servi et la table desservie, après quoi j'allai chercher la surprise au sous-sol.

En me voyant déposer ce cœur à la crème et aux framboises sur la table, papa se mit à rire, car je ne lui avais même pas souhaité un bon anniversaire.

Quand il y goûta, il se mit à pleurer.

La clé de qui?

La clé de qui?

Femme !
Tu es la clé de cet étrange univers,
L'endroit d'où je viens
Et celui auquel je suis destiné !
Femme !
Pardonne-moi tout ce que j'ai fait
Puisque je viens encore.

Suis-je vraiment la clé ?
Je croyais que c'est toi qui l'avais !

The Key of *Qui*?

Woman!
You are the key of this strange world,
The place where I come from
And the destination to which I'm doomed!
Woman!
Please forgive everything I've done
Since again I've come.

Am I the key?
I thought you had the key!

Les gâteaux

Peut-on vivre sans gâteaux?

D'aucuns s'en tirent fort bien; moi, pas.

Je veux toujours avoir un gâteau dans mon logis, même si je n'arrive pas toujours à le manger et que la poubelle doive absorber les restes de ma bêtise.

Le gâteau est, avec les biscuits, la tendresse de la maison, la petite chose qui est toujours là, disponible quand le besoin d'une douceur se fait sentir, pour soi ou pour les petits. Avec un verre de lait, peut-être, c'est une belle consolation pour un genou éraflé ou pour un chagrin en forme de «Danielle ne veut plus jouer avec moi!».

On ne peut parler du gâteau sans rendre hommage à l'œuf, qui en assure la moelleuse consistance, et l'œuf est bien le plus grand mystère de la vie, qu'il s'agisse d'un œuf de poule ou d'un œuf de femme. Se demander si l'œuf vient de la poule ou si la poule vient de l'œuf, c'est s'interroger soi-même sur ses propres origines, et le mystère reste total, même en évitant la confusion entre les ovipares, les ovivipares et les vivipares.

Mais nous voilà bien loin des gâteaux, qui, comme les Gagnon et les Tremblay dans les annuaires téléphoniques, monopolisent toujours plusieurs colonnes dans les livres de recettes.

Hors des circonstances exceptionnelles, car je me suis, moi aussi, aventuré dans le saint-honoré et le croquembouche, je m'en tiens désormais à quatre gâteaux, qui se succèdent selon un rituel rarement dérangé.

Je dois le premier à Monic et Jacques, qui m'ont offert *Bonne table et bon cœur*[1] un jour où mon médecin voulait m'énerver, non sans quelque raison, avec une affaire de cholestérol d'origine congénitale, semble-t-il. Il s'agit d'un gâteau croustillant aux prunes, dont voici la recette.

50 ml margarine   1/4 tasse
175 ml sucre granulé   3/4 tasse
2 œufs (blancs et jaunes séparés)
375 ml farine tout usage   1 1/2 tasse
5 ml poudre à pâte   1 c. à thé
125 ml lait à 2 p. 100   1/2 tasse
2 boîtes (398 ml/14 oz) de prunes égouttées
(ou 500 ml/2 tasses de prunes mûres coupées en deux)

Une banale recette de gâteau blanc, quoi! Sauf pour les prunes. Mais voici encore :

Garniture croustillante :
125 ml cassonade tassée   1/2 tasse
15 ml margarine molle   1 c. à table
5 ml cannelle   1 c. à thé

Glaçage (facultatif) :
50 ml sucre à glacer   1/4 tasse
5 ml lait à 2 p. 100   1 c. à thé
1 ml vanille   1/4 c. à thé

Une seule chose est plus ennuyeuse que de lire une recette, et c'est de l'écrire.

---

1. Anne Lindsay, *Bonne table et bon cœur*, Éditions de l'Homme, Montréal, 1989.

Bon, c'est toujours la même histoire avec tous les gâteaux. Huiler un moule et préchauffer le four à 180 °C (350 °F). D'abord monter les blancs en neige et les oublier dans leur bol. Dans un autre, battre la margarine, les jaunes et le sucre, et y incorporer farine, lait et poudre à pâte. Ajouter les blancs, mélanger à la spatule et verser dans le moule.

Sur cette pâte, on dépose les fruits que l'on recouvre de la garniture croustillante, bien mélangée elle aussi, et l'on enfourne de 35 à 45 minutes. Quand le gâteau est cuit, on le sort du four et on dessine des lacis dessus avec le glaçage dit facultatif.

Voilà !

Sauf que je ne fais jamais ça.

J'achète plutôt une boîte de mandarines. En les égouttant dans du lait en poudre, j'ai ma demi-tasse de lait pour la pâte, et je remplace ensuite les prunes par les quartiers de mandarine.

C'est un gâteau qui surprend et qui fait jaser.

* * *

Le deuxième est un gâteau aux bananes, tellement plus simple. Le moule graissé et le four chauffé, il suffit d'«effoirer» trois bananes dans un bol et de les mélanger avec 115 g de beurre (1/4 livre), 300 ml de sucre (1 1/3 tasse), 2 œufs, 1 c. à thé de vanille, 500 ml de farine (2 tasses), 1 c. à thé de soda à pâte, 1/2 c. à thé de sel, 250 ml de lait sur (1/2 tasse).

Il est parfois utile de savoir que cinq gouttes de vinaigre font surir le lait en quelques minutes.

Quand le mélange est homogène, on le met au four et on le fait cuire de 45 à 60 minutes. Cela dépend du moule, de la farine, des œufs et du four. L'arbitre en la matière, c'est le cure-dent piqué au centre du gâteau et qui en ressort propre.

Après avoir sorti le gâteau du four, on le laisse se reposer quinze minutes avant de le démouler, et l'on procède alors au sacrilège. Celui-ci consiste à mélanger 4 c. à table de beurre fondu avec 125 ml de crème (1/4 de tasse), 1 c. à thé de vanille et à peu près 750 ml de sucre à glacer (plus ou moins 3 tasses).

Et pour que le tout ait parfaitement le goût du péché défendu, j'ajoute une joyeuse poignée de noix de coco râpée.

Exquis, mais, c'est dit, défendu.

* * *

Le troisième est la simplicité et la bonté mêmes.

Dans un moule où l'on fait fondre 4 c. à table de beurre, on étend 90 ml de cassonade (1/3 de tasse) et l'on couvre le tout de tranches de pomme.

Par-dessus, n'importe quelle recette de gâteau au gingembre fait l'affaire. La plus simple est celle-ci : faire fondre 4 c. à table de beurre dans 250 ml d'eau bouillante (1/2 tasse) et y ajouter 250 ml de mélasse (1/2 tasse). Bien mélanger avec 750 ml de farine (1 1/2 tasse), 90 ml de sucre (1/3 de tasse), 2 c. à thé de poudre à pâte et 1/4 de c. à thé de sel.

Verser sur les pommes et cuire 35 minutes à 180 °C (350 °F) comme d'habitude. Laisser reposer au sortir du four, bien découper les bords avec un couteau, couvrir d'une belle assiette et renverser tout d'un coup.

Vous voilà avec un renversé aux pommes qui vous fera oublier les pluies d'automne, surtout avec une peccadille de crème fouettée.

* * *

Le dernier et non le moindre, que je fais pour moi-même en prétextant qu'il est pour les petits-enfants : le chocolat-menthe !

N'importe quelle recette de gâteau au chocolat fera l'affaire. On en trouve partout, mais attention : cette fois, il faut deux moules huilés ; le four comme d'habitude, etc.

Le secret est dans le glaçage. Deux morceaux de chocolat non sucré, 60 g ou 2 oz, 250 g de sucre (1 tasse), 3 c. à table de fécule de maïs, 1 c. à table de beurre, 1 1/2 c. à thé d'essence de menthe et 1/2 c. à thé de sel.

Le chocolat, le sucre et la fécule de maïs se cuisent avec une tasse d'eau bouillante, en brassant constamment jusqu'à consistance lisse. Retirer du feu et ajouter le beurre, la menthe et le sel.

Quand le tout est un peu refroidi, on glace le premier gâteau, on lui superpose le second et l'on glace encore à tour de bras.

J'ai dit que le secret était dans le glaçage et ce n'est là qu'une demi-vérité. Vous ne trouverez cette recette nulle part ailleurs qu'ici. Toutes les recettes sont à la vanille, et le secret, c'est de la remplacer par la menthe.

Quatre gâteaux en un seul chapitre, c'est au moins trois de trop et je n'ai plus le goût d'en faire un seul. Il faut avoir la sagesse de les espacer, de s'en priver quelque temps, même, pour laisser la tentation faire son œuvre et retrouver l'envie de passer au suivant.

Il !

Il n'était pas beaucoup plus qu'une lubie
Mais j'en vins à penser à lui
Si intensément
Et, je dois l'avouer, avec tant d'amour,
Que j'enroulai mes bras autour de lui
Comme s'il était un amas de galaxies
Que je voulais m'approprier
Pour l'amour de l'Univers,
Et pour le bébé que je voulais de lui.
Il réagit par un frémissement et une étreinte
Qui me cloua sur le matelas
Et me transporta dans le néant absolu.
Je le sais car j'entends encore mes amygdales hurler.

He!

It wasn't much more than a flimsy,
But I came to think of him
So intensely
And, I must confess, so lovingly,
That I threw my arms around him
As if he were swirls of galaxies
That I wanted to appropriate
For the sake of the Universe,
And for the baby I wanted from him.
He responded with a tremor and an embrace
That nailed me down to the mattress
And into sheer nothingness.
I know because I still hear my tonsils squeal.

La tarte à la rhubarbe

Si mai est le mois du muguet et du lilas, on oublie trop souvent qu'il est aussi le mois de la rhubarbe. On l'aime ou on ne l'aime pas, mais la rhubarbe est la championne de l'aigre-doux dans la cuisine.

Attention, elle se fane vite et perd facilement ses attributs gustatifs. L'idéal est de la casser soi-même au jardin, mais quand on n'a pas de jardin, on se rabat sur les parents et les amis par un quelconque subterfuge. Exemples :

1) Pierre en a plein son jardin et il ne sait plus qu'en faire. Depuis le temps qu'il veut aller en excursion à Covey Hill, on organise l'expédition pour le deuxième samedi de mai, avant la feuillaison, et fatalement Pierre arrive à la maison avec une large brassée de rhubarbe dont Élaine cherchait à se débarrasser de toute façon. Meilleurs vœux pour une excursion agréable, mais l'important c'est de faire la tarte dès votre retour. La rhubarbe n'attend pas et elle laissera au réfrigérateur les parfums que vous n'avez pas su capter.

2) Vous avez d'aimables voisins, Pauline et Marc en l'occurrence, qui ont une propriété à Saint-Antoine-sur-Richelieu et qui y passent le meilleur de leur temps. Qui veille sur leur logis de Montréal et va parler aux plantes, un arrosoir à la main ? Vous, bien sûr. En retour de quoi ils vous rapportent, selon la saison, des bouquets d'oseille, des touffes de ciboulette, des fagots de rhubarbe, des cassots de bleuets, des concombres

287

et, en fin de saison, d'énormes navets. Mais la tarte aux navets ne sera pas pour aujourd'hui. À plus tard !

3) C'est la fête de Lise le 29 et vous l'invitez à dîner. Comme elle ne veut pas être en reste et, surtout, comme elle adore la tarte à la rhubarbe que vous faites, elle arrive avec un énorme bouquet de lilas blanc, et quand vous en avez plein les bras, plein le nez, elle retourne à l'auto en disant :

« Je t'ai apporté un peu de rhubarbe aussi, parce que je me demandais si tu en avais mangé cette année. »

Traduction :

« Me ferais-tu une de ces tartes dont toi seul as le secret ? »

Voici donc :

Il faut d'abord peler la rhubarbe, et c'est un jeu d'enfant si elle est fraîche. On prend la tige à la base en maintenant le pouce sur la surface interne, et on la coupe de l'extérieur vers le pouce, mais en arrêtant tout juste à la pelure, dont on déchire les filaments jusqu'à la feuille. De la coupure fraîche, on soulève ensuite les filaments tout le tour de la tige. Si l'enlèvement des filaments s'avère difficile, la rhubarbe n'est pas fraîche et ce n'est même pas la peine de la faire cuire.

Une fois cette opération terminée, on coupe les beaux bâtons en morceaux de un centimètre, mais sans qu'il soit nécessaire d'utiliser une règle ni une scie calibrée.

Une bonne tarte à la rhubarbe exige quatre tasses de morceaux.

Faire une abaisse de pâte brisée avec une demi-tasse de saindoux, c'est-à-dire une tranche de trois centimètres sur un paquet ordinaire, ou quatre généreuses cuillerées à table.

Bien travailler au coupe-pâte dans deux tasses de farine additionnées de deux pincées de sel. Quand le tout a la consistance de petits grumeaux, on ajoute un quart de tasse d'eau glacée, ou davantage au besoin, et l'on pétrit jusqu'à l'obtention d'une bonne boule de pâte souple. Rouler de la pâte dure, c'est un supplice, et la manger, c'est l'enfer ! Ma tante Tony remplaçait l'eau par du lait, et ma belle-mère, par du

Seven-Up, pour que la pâte soit plus «*fluffy*». On dit «feuilletée» en français, mais c'est moins «*fluffy*».

Rouler la pâte et en couvrir l'assiette. (Comme si on avait fait tout ce travail pour la coller au plafond!) Jeter les morceaux de rhubarbe dans l'abaisse, égaliser un peu, quoiqu'une forme de colline arrondie ne gâte ni l'apparence ni le goût.

Et voici le secret des dieux :

Bien mélanger deux œufs battus avec une tasse et quart (1 1/4) de sucre, un tiers (1/3) de tasse de farine, une cuillerée à table de lait et un quart (1/4) de cuillerée à thé comble (^) de muscade.

Verser cette préparation sur la rhubarbe et parsemer de noisettes de beurre.

Pour compléter le chef-d'œuvre, on roule ce qu'il reste de pâte et on découpe l'abaisse en bâtonnets de un centimètre dont on va latter la tarte.

Ça, c'est «de la job»!

On commence par un petit bout qu'on pose au bord de la tarte sans le fixer. On le croise avec un autre petit bout, posé à angle droit au bout du petit bout, toujours sans le fixer.

Aussi bien le dire tout de suite, on ne fixe rien avant d'avoir terminé le lattis.

On prend ensuite un moyen bout que l'on pose parallèlement au premier petit bout. Ensuite, un autre moyen bout que l'on pose perpendiculairement au premier petit bout, mais parallèlement au deuxième. Ensuite, le plaisir commence. On prend un bout un peu plus long qu'on pose par-dessus le premier moyen bout. On relève le premier petit bout et on le rabat sur le bout un peu plus long. On prend un autre bout un peu plus long, que l'on pose perpendiculairement et par-dessus le premier bout un peu plus long, mais par-dessous le deuxième petit bout, qu'on a pris soin de relever, et on joue ainsi à pose, relève, abaisse, relève et pose jusqu'à ce que la tarte soit couverte d'un beau lattis parfaitement et régulièrement entrecroisé.

Les cuisiniers et cuisinières qui veulent se péter les bretelles devant leurs convives compliquent la chose en torsadant les lanières de pâte. Ceux et celles qui veulent vraiment faire «gigon[1]» se contentent de poser les lanières une par-dessus l'autre sans les croiser.

Avec un pinceau, on badigeonne le chef-d'œuvre d'un peu de lait, de jaune d'œuf ou d'un mélange des deux, et l'on enfourne à 400 °F ou à 205 °C, au choix. La cuisson devrait durer cinquante minutes, sous surveillance attentive, pour que la pâte ne brûle pas, auquel cas il faut baisser le feu. La tarte est cuite quand on voit des bulles se former sur presque toute la surface.

Noter que les explications sont mille fois plus compliquées que la fabrication, et que la dégustation est encore mille fois plus agréable, surtout avec un rien de crème épaisse généreux.

Et si tout cela dépasse votre entendement, trouvez-vous une tante Tony.

---

1. «Gigon» est un mot du Saguenay qui désigne un bûcheron en habit de travail dans une salle de bal ou un bûcheron en habit de gala dans la forêt. Ce peut également être un professeur de latin de Saint-David-de-Falardeau devenu chroniqueur sportif à Montréal.

Nouvelles !

Nouvelles!

J'ai un secret pour toi mon cher homme!
Tu m'as donné un bébé la semaine dernière
Et je l'entretiens du mieux que je peux
Dans l'intimité
De ma petite bedaine.
Menteuse, toi!
Géniteur, toi!
Moi, un père?
Moi, une mère?
Es-tu certaine?
Sûre et heureuse comme je voudrais que tu le sois.
Heureux je le suis, aimable fille de la Terre et du
*   Temps,*
Aimable mère
Et admirable baiseuse
Tout à la fois.
Mais si tu écartais tes jambes un petit peu,
J'aimerais envoyer quelqu'un pour voir.

News!

I have a secret for you my sweet man!
You gave me a baby last week
And I'm nurturing it the best I can
In the intimacy
Of my little belly.
You liar!
You Sire!
Me, a father?
Me, a mother?
Are you sure?
Sure and happy as I'd like you to be.
Happy I am, you lovable daughter of Earth and Time,
Lovable mother
And admirable fucker
Altogether.
But if you opened up your legs a wee,
I'd like to send someone in to see.

La tarte à la citrouille

Tout simplement parce qu'elle n'est pas passée chez les «*weight watchers*» et qu'elle affiche son embonpoint avec bonhomie, on la traite de tous les noms : la gorgone de l'automne, la grosse pouffiasse, le clown du jardin. À tel point qu'on n'est même pas sûr de son nom. D'aucuns l'appellent la citrouille, d'autres le potiron, et les dictionnaires se défilent en disant que ce sont des variétés de courges dont l'une serait plus grosse que l'autre.

Au diable les dictionnaires! Quand je regarde par ma fenêtre d'enfant dans le jardin de ma grand-mère, c'est bel et bien des citrouilles que je vois, pétantes de santé et de bonne humeur parmi les restes alanguis d'un potager où survivent sans plaisir quelques boules de choux et des frisures de persil. Je les retrouve également sous le lit, dans la chambre du quêteux, et c'est moi qu'on envoie là-haut pour en chercher une belle «pas trop grosse» qui finira en pots de confitures pleins de carrés translucides baignant dans le sirop. Grand-maman est morte un peu vite, en mangeant avec nous à la table familiale, et je n'ai pas eu le temps de lui demander sa recette de confitures. Oh! que c'était long, mais beau, bon et doux.

N'ayant jamais été pensionnaire, je n'ai pas connu l'horrible soupe à la citrouille dont j'entendais parler durant les vacances d'hiver quand maman mettait la sienne sur la table. Le fumet parlait d'oignons, de persil, de bouillon de poulet mariés à de la crème, et les croûtons flottaient sur tout cela avec un plaisir évident.

Plus tard, j'ai appris à quel point la citrouille peut être mauvaise quand l'industrie s'en mêle et fait d'elle ce qu'elle a fait avec le poulet. Comme le poulet, le lapin et le veau, qui très souvent n'ont que la saveur qu'on leur prête, la citrouille se prête elle aussi à tous les accommodements. On la cultive et la mange pour l'abondance, la surabondance de ses fibres végétales, et on n'a pas toujours la gentillesse de l'associer aux saveurs qui la rehaussent. L'industrie alimentaire met de la citrouille partout, sans jamais le dire et sans jamais lui faire honneur.

Comme le tabac, les piments, la tomate, le maïs, la pomme de terre, le concombre, les melons et les courges dont elle est cousine au premier degré, la citrouille est originaire d'Amérique, et Jacques Cartier l'a noté à sa façon après sa visite à Hochelaga :

«Pareillement ilz ont assez de gros mellons et concombres, courges, poix et febvres de toutes couleurs, non de la sorte des nôtres.»

Grosse légume, elle a engraissé les porcs, ce qui a terni sa réputation à la table des riches, et c'est tant pis pour eux car, traitée avec dignité, elle peut être l'héroïne de tout un repas, du potage à la tarte en passant par les pains et les côtes rôties au beurre, fondantes de bonheur, et qui accompagnent si bien une volaille ou un poisson. Et mise en ratatouille en lieu et place de sa cousine la courgette, elle ne donne pas… sa place.

Rôties, ses graines sont une friandise exquise, et les colons déploraient souvent le fait que les chevreuils se servent au jardin avant qu'elles ne soient cuites.

Il n'est pas de louanges que les guérisseurs ne fassent à la citrouille. Dans *Les Plantes bienfaisantes*[1], l'agronome A. Fleury de La Roche est particulièrement… fleuri : «En

---

1. A. Fleury de La Roche, *Les Plantes bienfaisantes*, Gauthier-Languereau, Paris, 1932.

médecine domestique, le végétal qui nous occupe a été rangé parmi les fruits émollients, adoucissants, capables de faire cesser les inflammations, de calmer les irritations, d'annihiler la douleur. Les cataplasmes, faits avec les feuilles fraîches de la citrouille ou la pulpe de son fruit, soulagent les brûlures, les dartres enflammées, les contusions, les excoriations superficielles. Le suc de la citrouille est laxatif; pris le matin à jeun, à raison d'un grand verre, il entretient la liberté du ventre et triomphe des constipations. »

Mais parce qu'elle est grosse, les gens sont souvent grossiers envers la citrouille. Pourtant, elle pousse au jardin sans demander l'attention des tomates, des épinards ou des petits pois. On la sème en bonne terre et on peut la laisser faire, sachant très bien qu'elle saura s'organiser toute seule. On peut également la dorloter, lui faire un coussinet de paille, la tourner d'un côté et de l'autre pour assurer l'uniformité de son teint. Objet de fierté et de prix dans les foires agricoles, elle reçoit parfois une injection de lait qui la fait gonfler ou alors on la cueille en lui laissant un long pédoncule dont on fait tremper le bout dans du lait.

Puis on l'envoie au marché en choisissant la plus belle pour la mascarade de l'Halloween. La fête est d'origine celtique et rappelle l'égalité dans la mort : toute vallée sera comblée, *All hollow even*, selon la prophétie d'Isaïe. D'où les fantômes à qui la citrouille prête sa bonne bouille pour tous les tours qu'on veut jouer aux grands s'ils refusent des friandises aux petits. On l'affuble le plus souvent d'un rire sardonique et on lui confie une bougie qui la transforme en lanterne à la fois lugubre et joyeuse.

On la décore, aussi, et, pour ce faire, la stricte observance exige que l'on utilise uniquement ses voisins et voisines du potager. La carotte servira souvent de nez, et des morceaux de poivron rouge feront de beaux yeux; les épinards vont bien à l'oreille, avec une cerise, et les herbes les plus folles font de merveilleux cheveux.

Outre son sourire généreux qui brave l'approche des grands froids, la citrouille nous offre la quintessence des douceurs de l'automne, ses couleurs chaudes, ses parfums de feuilles et ses fines saveurs dégustées dans la chaleur des maisons retrouvées.

Et sa tarte !

Belle et bonne, elle garde les convives à table tout le temps qu'il en reste.

Il suffit de mélanger deux tasses de citrouille cuite avec deux œufs, trois quarts de tasse de lait, une tasse de bonne crème, deux bons tiers de tasse de cassonade, deux cuillerées à thé de cannelle, une demi-cuillerée à thé de gingembre et un rien de sel.

En cachette, ajouter un peu de brandy, et verser dans une assiette bien encroûtée.

Confier à un four de 165 °C (325 °F) pendant 45 à 60 minutes ou jusqu'à ce qu'un couteau introduit au centre en ressorte sans bavure.

Laisser refroidir et servir sous une toque de crème fouettée.

Au dernier vivant les biens.

Le fruit de nos œuvres

Le fruit de nos œuvres

Bonjour bébé, cher amour!
Que puis-je t'offrir ce matin?
Un peu de lait et un biscuit sec?
Une couche neuve, propre et douce?
Un hochet blanc, rouge et bleu?
Un petit stage entre nous deux?
Oh! cher bébé! Ce que nous t'aimons!
Ta mère dort encore avec un sourire.
Il te faudra du temps avant de comprendre pourquoi!

Fruit of the Loom

Hello baby, sweet darling!
What's for you this morning?
A little milk and a hard cookie?
A clean diaper nice and softy?
A rattle white, red and blue?
A little stay between our two?
Oh, sweet baby! How we love you!
Your mother's sleeping with a smile.
It'll take time 'fore you know why!

L'Amour de moy

L'amour de moy sy est enclose
Dedans un joli jardinet
Où croist la rose et le muguet
Et aussi fait la passerose.

Orford

Cette vieille chanson anonyme du début du XVIᵉ siècle, donc de la fin du Moyen Âge, je l'entendis pour la première fois sur les pentes de l'Orford alors que nous reprenions notre souffle, assis sur un piton rocheux.

C'est notre chef scout, un maître de chorale, qui nous la chantait et je revois encore le paysage étalé devant nous, avec cette émotion que je chéris toujours et qui marque pour longtemps la première sortie importante d'un adolescent curieux.

Le jardinet en question était plutôt vaste sous nos yeux. À l'altitude où nous étions maintenant, seule une cousine de la rose, la ronce odorante, nous suivait encore dans la montagne, et les jolies clochettes de la pyrole elliptique, au parfum si délicat, nous tenaient lieu de muguet. La kalmia aussi était en fleur, abondante même, avec ses variétés de rose et de pourpre comme celles de la passerose, mais la taille n'y était pas.

À nos pieds, ce jardinet, ce coin de jardin de mon pays, était tout de même fort joli, voire splendide. Nous commencions déjà à dominer les sommets des montagnes voisines.

303

Le plan d'eau du lac Orford se découpait à nos pieds comme un beau miroir piqué de voiles blanches et, au loin, on commençait à pouvoir identifier les échancrures et les premières îles du lac Memphrémagog.

Je décidai alors d'explorer ce jardinet de fond en comble, et d'en explorer d'autres car il faut plusieurs jardinets pour former le grand jardin du pays où «l'amour de moy sy est enclose».

* * *

> *Ce jardin est bel et plaisant;*
> *Il est garni de toute flour;*
> *On y prend son esbatement;*
> *Autant la nuit comme le jour.*

Les Méchins

Bob et Yvonne avaient décidé d'aller faire le tour de la Gaspésie avant de reprendre leur tâche d'enseignement à l'université de Montréal et, pour ne pas laisser Marie-Claude seule en ville avec sa grand-mère, ils lui avaient suggéré de les accompagner avec une amie.

Marie-Claude avait choisi Julie.

D'un commun accord, tous avaient décidé de descendre le plus rapidement possible et de ne flâner qu'au retour seulement, sauf dans les endroits par où on ne repasserait point. Marie-Claude et Julie s'étaient royalement ennuyées entre Montréal et Québec, mais, des hauteurs de Lauzon, quand l'île d'Orléans apparut dans la merveilleuse lumière oblique du mois d'août, toute découpée en champs jaunes ou verts selon les moissons, la magie s'éveilla.

Ce soir-là, ils arrêtèrent à Cacouna pour monter la tente. Yvonne préparait toujours des pique-niques très élaborés et celui-ci ne dérogea pas à la règle, avec son poulet farci, ses crudités, sa trempette et sa tarte à la rhubarbe. Ensuite, ils allèrent s'asseoir sur des bûches, près du feu que le gardien avait allumé, et ne regagnèrent la tente qu'après avoir regardé luire les braises.

Le lendemain, on y alla plus mollo car les petites se lassaient de la banquette arrière et demandaient souvent à descendre. Ainsi prirent-ils le temps de visiter les merveilleux jardins de Métis. Vers dix-sept heures, ils allaient entrer aux Méchins quand Marie-Claude s'écria :

— Papa, regarde le beau camping. On arrête ici !

Bob et Yvonne ne s'y opposèrent pas mais ils se regardèrent d'un drôle d'air.

C'était un très vieux camping, fort bien entretenu, qui descendait doucement vers la mer. Les autos n'y avaient pas accès, ceinturé qu'il était d'une jolie clôture en bois où l'on avait fait courir des rosiers grimpants et où l'on avait suspendu des boîtes de capucines et de pétunias. Dans un coin, on avait même aménagé un jardin de fleurs et quelques passeroses y affichaient encore leurs couleurs. Il fallait vider bagage à l'entrée et aller garer l'auto plus loin.

Les petites voulurent choisir l'emplacement elles-mêmes mais Bob répondit un «non» autoritaire en se dirigeant vers l'autre bout du camping tandis qu'Yvonne le suppliait avec des trémolos dans la voix :

— Bob ! Bob ! Fais pas ça !

Bob n'en fit qu'à sa tête, et quand ils se mirent à table, cette fois pour déguster une langue de veau en gelée avec des terrines, une miche et des gâteaux achetés en chemin, Bob prit la parole.

— C'est une bien étrange coïncidence, ma fille, que tu nous aies demandé d'arrêter ici...

— Voyons, Bob !

— Ta mère et moi, nous nous sommes connus à l'université et nous allions entamer notre deuxième année en droit quand nous avons décidé de faire le tour de la Gaspésie dans une auto usagée que mon père m'avait offerte.

— Bob, je t'en prie.

— Elles ont quinze ans, Yvonne. Nous nous sommes arrêtés ici et nous avons planté la tente exactement là où elle est maintenant. Et c'est ce soir-là, à cet endroit-là que ta vie a commencé, ma chérie.

Cette histoire est authentique, vous savez. C'est Julie qui me l'a racontée et je suis son père.

* * *

Hélas! il n'est si douce chose
Que de ce doulx roussignolet
Qui chante au soir, au matinet :
Quand il est las, il se repose.

Inverness

Souviens-toi que c'est moi, Marcelle, qui t'ai appris à grimper aux arbres.

Tu m'avais demandé où j'allais avec mon petit sac de livres en bandoulière et je t'avais répondu simplement :

— Je vais voir les oiseaux.

— Mais on en voit partout ici.

— Oui, mais sauf pour l'oriole de Baltimore, on en voit de bien plus beaux ailleurs.

— Est-ce que je peux aller avec toi?

J'avais treize ans, tu en avais douze et nous allions le plus souvent dans un des érables de la butte, juste à l'orée du bois. Comme tu étais trop petite pour attraper la première branche, je grimpais le premier et je te hissais par les bras.

Nous montions un peu plus haut dans les feuillages pour être bien dissimulés.

— Tu crois qu'on en verra?

Le petit Frédéric venait nous «sérénader» régulièrement, et, à treize ans toujours, j'y vis mon premier cardinal et mon premier tangara écarlate. Mais nous devions rentrer à la maison trop tôt pour entendre le «roussignolet» qui ne se produit qu'au crépuscule de l'aube et à celui du soir.

Or, il y avait, à deux champs de chez nous, hors du champ mais dans la lisière du bois, une petite grange où le fermier entassait du foin temporairement durant la récolte. Nous eûmes la permission d'y passer la nuit à condition que ton frère Jeannot nous accompagne.

Nous avions les bras pleins avec nos sacs de couchage, les sacs de sandwiches et de gâteaux ainsi que les bouteilles de limonade, sans compter les fameux petits livres d'identification.

Tellement que mon père décida de venir nous installer.

Oh! Ce fut un joyeux et turbulent pique-nique et il n'était pas question pour les oiseaux de nous approcher ce soir-là.

Mais quand le jour se mit à rosir dans l'entrebâillement de la porte, un à un, tous les oiseaux saluèrent le commencement du monde.

Soudain, je te pris par le poignet en disant :

— Écoute, c'est lui.

Les trilles avaient la transparence des gouttes de rosée.

Le «doulx roussignolet» chantait.

**

Je la vis l'autre jour cueillir
La violette en un vert pré
La plus belle qu'oncque je veis
Et la plus plaisante à mon gré.

La Malbaie

Paul tournait un documentaire sur Charlevoix pour l'Office national du film et il avait obtenu la permission d'utiliser le terrain de golf à satiété, à condition de ne pas paralyser le jeu des membres.

En ce mardi après-midi de fin août, tandis que son équipe s'installait à l'hôtel et préparait l'appareillage dans la camionnette, Paul avait pris de l'avance et, seul sur le terrain, il faisait du repérage. Certains sites étaient en eux-mêmes imposants ; d'autres offraient une vue imprenable sur la ville et le fleuve. Il prenait bien soin de ne pas traverser les parcours mais plutôt de les longer pour ne pas nuire aux joueurs, fort peu nombreux d'ailleurs.

Tout à coup, il aperçut devant lui une jeune fille qui cueillait des fleurs.

— C'était divin, dit-il. Des cheveux blonds attachés derrière avec un ruban rose et une simple blouse blanche enfouie dans un jeans d'un beau bleu. Au coude gauche, elle portait un grand panier dans lequel elle déposait ses fleurs qu'elle semblait choisir avec minutie. Parfois, elle déposait son panier pour être plus attentive à sa cueillette.

»Sans doute m'avait-elle vu elle aussi mais elle faisait semblant de m'ignorer à mesure que j'avançais vers elle. Peut-être me prenait-elle pour un gardien venu la chasser. J'arrêtai un moment et fis mine de prendre des visées mais je la suivais du coin de l'œil et avant de passer mon chemin, je lui dis : «Vous avez là un bien joli bouquet, mademoiselle.»

»Elle se releva et se retourna vers moi avec un sourire d'une rare beauté dans un visage d'un ovale parfait. «Je vous remercie, monsieur.»

»Je ne connais pas les fleurs mais son bouquet conjuguait des variétés de rose, du blanc, du jaune et des pointes de bleu. J'enrageais de ne pas avoir ma caméra avec moi. «Vous vendez des bouquets ou c'est votre simple plaisir? — Non. J'entreprends bientôt ma dernière année au cégep et je monte un herbier depuis deux ans car je veux étudier la botanique à l'université. — Écoutez. Moi, je suis cinéaste. Nous tournons un documentaire sur Charlevoix. Demain, ce sera ici. Pourrais-je vous y revoir à la même heure? Promettez-le-moi. — Bien sûr. — Sinon, demandez Paul à l'Auberge des Trois-Canards et nous tournerons un autre jour.»

»Le lendemain, elle y était et je vis bien que je nc m'y étais pas trompé car les membres de l'équipe échangeaient des regards lourds d'admiration. Après le tournage, je pris son nom et son adresse en lui promettant de l'inviter à la première.

»Elle y vint, plus jolie encore s'il se peut, dans un tailleur vert dont la veste s'ouvrait sur une blouse joliment brodée de bleu, par elle-même sans doute.

»Dans Charlevoix, j'ai filmé des fermiers, des pêcheurs, des artisans, des ménagères, des ouvriers, le fleuve sous tous ses angles et dans toutes ses humeurs, des bateaux, des marsouins, des baleines, des pêches, des maisons, des fermes, des paysages d'une splendeur inouïe. Le film a gagné plusieurs prix, mais, de toutes ces images englouties dans l'œil de ma caméra, aucune n'approche de la beauté de cette jeune fille cueillant des fleurs.

»Je pris la liberté de le lui dire et, tandis qu'une larme roulait sur ma joue, elle eut encore ce sourire magique et me répondit simplement : «Merci beaucoup, c'était très beau.»

* * *

Je la regardai une pose :
Elle estoit blanche comme let,
Et douce comme un aignelet,
Vermeillette comme une rose

Ottawa–Hull

Loin de nos familles respectives, elle demeurait à Ottawa et moi à Hull. Jeunes et célibataires, nous travaillions dans des ministères différents mais nous avions souvent l'occasion de nous rencontrer dans des comités interministériels où les aînés délèguent aux plus jeunes la rédaction des décisions qu'ils ont prises et l'administration de toute cette paperasse qu'ils signeront ensuite.

Son esprit vif et mordant me plaisait beaucoup.

Son teint quasi transparent laissait voir le sang lui monter aux joues si une remarque désobligeante accueillait son travail.

Un jour, j'eus le courage de l'inviter au cinéma. Je me souviens très bien que c'était pour voir *Amadeus* et nous avions tous deux beaucoup apprécié. Après la représentation, nous étions allés manger une pikilia au *Dionysos*, près du canal Rideau, quand elle me dit soudain :

— Si tu étais libre samedi soir, je t'inviterais à souper chez moi.

Je n'allais pas laisser passer pareille invitation et elle me téléphona le samedi, au moment où j'allais partir en fin d'après-midi :

— J'ai oublié une chose et je ne puis sortir. Serais-tu assez gentil de m'apporter une bouteille de rosé ?

Je me présentai chez elle avec une bouteille de Côtes-de-Provence et un joli bouquet de roses, d'un rose extrêmement tendre. Elle me remercia avec un baiser sur la joue et m'invita à passer avec elle à la cuisine, où elle achevait de préparer le repas.

— Je n'ai pas voulu te consulter, de crainte que tu n'aimes pas ça. Moi, j'adore, et tu verras que c'est délicieux.

C'était une blanquette d'agneau aux câpres.

* * *

Montréal

Vieilles chansons saisons nouvelles
Les mêmes passions nous habitent
Rien ne va jamais assez vite
Pour nos cœurs en vol d'hirondelles

Une conférence de presse
Nous mit tous les deux face à face
Ton sourire était plein d'audace
Et tu avais de jolies fesses

Parlant de ci parlant de ça
J'osai te dire Vous êtes belle
Et je crus voir dans ta prunelle
Qu'une étincelle s'alluma

Que n'avons-nous pas fait ensemble
Par les champs les bois et les villes
En montgolfière et dans les îles
Nos vies l'une à l'autre ressemblent

Mais je dois souvent m'absenter
Et je rencontre d'autres yeux
Chaque fois je fais mes aveux
Chaque fois tu sembles blessée

Dis Aurons-nous un autre tour
Pour nous perdre dans nos étreintes
Pour que tu pousses ta complainte
Quand tu chevauches ton amour

Quoi qu'il advienne dans mes bras
Soit à courte ou à longue échelle
Vieilles chansons saisons nouvelles
Tu resteras «l'amour de moy»

Psaume

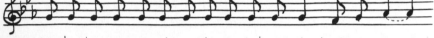

1 Les bou-leaux ca-res-sés par le so-leil cou-chant   Ils rou-gis-sent
3 C'est l'heu-re des chiens gris qui a-boient au loin-tain   À la lu-ne
5 Le jour qui nous brû-lait len-te-ment s'est é-teint   Dans la nuit
7 Un san-glot nous é-treint si tu chan-tes le chant   De l'a-mour

1 Et leurs bran-ches se tor-dent par l'en-voû-te-ment   Du dé-li-ce
3 C'est l'heure où les sou-cis se ma-rient aux cha-grins   De la bru-me
5 Et tu ne sen-ti-ras bien-tôt plus que ma main   Qui t'é-pi-e
7 Et nos bras sont li-és par un noeud ca-res-sant   Jus-qu'au jour

2 Les om-bres vont et vien-nent s'al-lon-gent s'é-tirent   Sur les champs
4 La ma-rée qui mon-tait tan-tôt s'est re-ti-rée   Sur la grè-ve
6 Tous les mots que j'ai dits un bai-ser les met-tra   Dans ta bou-che

2 C'est u-ne cour-se folle à l'heu-re des dé-sirs   Et des chants
4 Et ta tê-te trop lour-de s'est a-ban-don-née   À mes rê-ves
6 Le poids que j'ai por-té je le rends quand sur toi   Je me cou-che

Psaume

Les bouleaux caressés par le soleil couchant
Ils rougissent
Et leurs branches se tordent par l'envoûtement
Du délice

Les ombres vont et viennent s'allongent s'étirent
Sur les champs
C'est une course folle à l'heure des désirs
Et des chants

C'est l'heure des chiens gris qui aboient au lointain
À la lune
C'est l'heure où les soucis se marient aux chagrins
De la brume

La marée qui montait tantôt s'est retirée
Sur la grève
Et ta tête trop lourde s'est abandonnée
À mes rêves

Le jour qui nous brûlait lentement s'est éteint
Dans la nuit
Et tu ne sentiras bientôt plus que ma main
Qui t'épie

Tous les mots que j'ai dits un baiser les mettra
Dans ta bouche
Le poids que j'ai porté je le rends quand sur toi
Je me couche

Un sanglot nous étreint si tu chantes le chant
De l'amour
Et nos bras sont liés par un nœud caressant
Jusqu'au jour

(Montréal, en la Saint-Martin 1997.)

TABLE

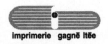

imprimerie gagné ltée

IMPRIMÉ AU CANADA